Marina Catalano-Mc Vey

COME IL RIFLESSO DELLA LUNA NELL'ACQUA

Youcanprint *Self-Publishing*

Titolo | Come il riflesso della luna nell'acqua
Autore | Marina Catalano-Mc Vey

ISBN | 978-88-92671-36-2

Immagine di copertina | pixabay.com

© Tutti i diritti riservati all'Autore
Nessuna parte di questo libro può essere riprodotta
senza il preventivo assenso dell'Autore.

Youcanprint *Self-Publishing*
Via Roma, 73 - 73039 Tricase (LE) - Italy
www.youcanprint.it
info@youcanprint.it
Facebook: facebook.com/youcanprint.it
Twitter: twitter.com/youcanprintit

Ogni cosa è sacra. Ogni cosa vive.
Ogni cosa ha una coscienza.
Ogni cosa ha uno spirito.

(Nativi americani: Saupaquant Wampanoag)

Cammina leggero in primavera; Madre Terra è incinta

(Nativi americani: tribù degli Iowa)

Il cespuglio se ne sta seduto sotto un albero e canta una canzone

(Nativi americani: Canto Kiowa)

Cos'è la vita? È il lampo di una lucciola nella notte. È il respiro
di un bufalo d'inverno. È la breve ombra che scorre sopra l'erba
e si perde nel tramonto.

(Nativi americani: Piede di Corvo della tribù dei Piedi Neri)

www.marinacatalanomcvey.com

INTRODUZIONE

Numerose sono state le fonti d'ispirazione di questa raccolta di brevi racconti fantastici. Sin dagli anni dell'università mi sono interessata alla cultura e all'arte dei nativi Americani. La loro visione del mondo e la venerazione per Madre Terra mi hanno molto influenzato. Le cose e gli animali hanno per loro un'essenza e un'anima. Fra gli animali, l'aquila, il cui potere era riservato ai capi tribù, volando più in alto di tutti gli altri, è l'animale più vicino al Grande Spirito e simboleggia il messaggero che porta le preghiere dell'uomo alle sue orecchie.

L'interesse per molte antiche culture e la loro percezione della vita mi ha poi fatto volgere lo sguardo alle civiltà scomparse del centro America. Era convinzione Maya che la Divinità fosse l'anima di tutto il creato, animato e inanimato, e che il mondo fosse la materializzazione del suo impulso a esprimersi in una molteplicità di forme ed entità.

In seguito, ho scoperto che anche nella cultura giapponese le cose posseggono un'anima. Gli oggetti di cui facciamo uso quotidianamente, però, non sono solamente da sfruttare e poi buttare. Hanno una loro essenza, condividono la nostra vita e meritano rispetto. *Tsukumogami* vengono chiamati nel folclore giapponese. Esclusi gli oggetti elettrici, tutti gli altri, dopo una vita di onorato servizio durata almeno cento anni, ricevono un'anima. Quando tali oggetti diventano spiriti, il loro aspetto può variare molto in base al tipo di utensile da cui viene originato e in base all'uso che ne è stato fatto e alle sue condizioni. Se l'oggetto è stato trattato male, rotto o gettato via senza rispetto, perché considerato inutile, diventerà uno spirito maligno desideroso di vendetta, spesso dall'aspetto terrificante. In caso contrario, avrà un aspetto benevolo e le sue apparizioni saranno inoffensive.

Per evitare ritorsioni di spiriti maligni, ancora oggi si organizzano in Giappone specie di cerimonie funebri, dette Kuyou, degli oggetti vecchi, ormai inutilizzabili, per consolarli e ringraziarli. In seguito, si può procedere a distruggerli. Celebri Kuyou sono il funerale delle bambole rotte o vecchie e quello degli aghi da cucito rotti.

I Giapponesi mostrano di rispettare l'essenza intima degli oggetti, non buttano via quelli che possano ancora servire ma amano riciclarli permettendo loro di poter dare così vita a nuove funzioni. In realtà, siamo noi a dare alle cose un'anima nel nostro uso quotidiano, prendendocene cura perché durino più a lungo e trattandole con rispetto.

A Giada e al suo violino stupendo,

perché ne ascolti l'anima.

IL CUCCHIAINO D'ARGENTO INVIDIOSO

Una sera piena di stelle, quando la casa cadde nel silenzio notturno e tutte le luci furono spente, dal cassetto per le posate dell'armadione di cucina uscì un cucchiaino d'argento. Era bello, lucido, giovane e curioso.

Si mise alla finestra, fissò il cielo stellato e si mise a contemplare una stella in particolare, più splendente delle altre.

« Come sei bella, stella! Vorrei essere come te! » disse il cucchiaino d'argento sospirando.

Dalla vetrinetta dell'armadio di cucina lo sentì parlare una tazzina da caffè che, al contrario delle sorelle, non riusciva a prender sonno. Le venne spontaneo chiedere:

« Ma anche tu brilli cucchiaino: sei di un bell'argento splendente. Non ti basta brillare dentro di me mentre rimescoli lo zucchero nel caffè? »

A queste parole si svegliò il bricco di porcellana per il tè. Tutto assonnato e piuttosto seccato per essere stato svegliato sul più bello, borbottò sbatacchiando il coperchio:

« Ma che idee, cucchiaino mio! E a quest'ora della notte! A dormire, a dormire! »

Nel cassetto delle posate, papà coltello e mamma forchetta si erano svegliati e accorti che il cucchiaino d'argento non c'era.

« Quel benedetto figliolo, ci risiamo… » sibilò il coltello alla forchetta. « Ne sta combinando una delle sue! »

Uscirono entrambi dal cassetto cercando di non disturbare il sonno delle altre posate. Vedendo il cucchiaino alla finestra che, con ardente desiderio, parlava alle stelle, prima lo ascoltarono un po', poi gli si avvicinarono con fare severo.

« A ognuno il suo ruolo! » disse il coltello.

« Ognuno brilla come può! » aggiunse la forchetta.

Un giorno il cucchiaino d'argento venne dimenticato sul tavolo in giardino, dentro una tazzina di porcellana vuota. Un corvo che svolazzava su e giù, qui e là, fu attratto dal luccichio del cucchiaino a testa in giù nella tazzina. Incuriosito, il corvo volò più basso per guardare meglio; gli piacque molto quell'oggettino scintillante e decise di prenderlo. Scese in picchiata, afferrò il cucchiaino con il becco e ripartì verso il cielo.

« Aiuto, aiuto, mi gira la testa! Voglio scendere! Fammi scendere, brutto uccellaccio! » urlava il cucchiaino.

Ma niente da fare. Il corvo volava sempre più veloce nel cielo libero o tra gli alberi. A un tratto, forse stufo di sentire urlare, piagnucolare e di sentirsi insultare, il corvo aprì il becco e lasciò cadere il cucchiaino che finì naso in giù nell'erba.

Venne la sera e, nonostante fosse primavera inoltrata, l'aria era freddina. Le prime stelle cominciarono a brillare lucenti e allegre come gli occhi dei bambini monelli. Il cucchiaino d'argento, bagnato di rugiada, pieno di reumatismi per il freddo del terreno che lo trapassava, risplendeva nell'erba.

Dopo alcuni giorni passò di lì una notte un grosso verme che, stufo di bucherellare il terreno, voleva distrarsi un po'.

« Cos'è che luccica lì? » disse il verme notando quello strano bagliore argenteo.

« Sono un cucchiaino d'argento e ho tanto freddo! Chi sei tu? » rispose.

« Sono un bruco dai mille piedi. Qui è casa mia. Piuttosto tu, che ci fai lì? » ribatté il verme.

Il cucchiaino raccontò allora tra i singhiozzi l' avventura capitatagli e il suo desiderio di somigliare alle stelle.

« Somigliare alle stelle? » esclamò il bruco stupito. « E cosa fanno le stelle oltre che brillare? Sono belle nelle notti chiare, molto belle, ma che altro fanno? Pensa a me: io sono brutto e sporco ma senza di me il terreno sarebbe povero e magro e non crescerebbe neanche un ravanello! E tu che fai nella vita oltre che brillare tra l'erba e lamentarti? »

Il cucchiaino non sapeva che dire e ci pensò su. Poi timidamente rispose:

« So mescolare il latte nel caffè, posso far mangiare ai bambini le prime pappette e il gelato, so dar loro la medicina quando sono malati, posso aiutarli a rubare la marmellata o la Nutella, posso far tintinnare un bicchiere se vengo usato ritmicamente, posso pure...»

« E se sai fare tutto ciò, perché te ne stai lì nell'erba a far niente e a piagnucolare? » lo interruppe il bruco.

« Piango perché ho tanto freddo e voglio tornare a casa nel mio cassetto dagli altri cucchiai, forchette, coltelli e voglio brillare con loro. Ma come faccio? » aggiunse il cucchiaino singhiozzando da far pena.

« Il verme, un po' seccato, un po' impietosito, decise di aiutare il cucchiaino e di sobbarcarsi quella fatica. Lo caricò su una grande foglia di castagno e lo trasportò faticosamente verso la porta d'entrata della sua casa. Durante il duro percorso il bruco sudò cento camicie e i suoi mille piedi gli dolevano tutti. Il cucchiaino continuava a piagnucolare. Finché il verme perse la pazienza.

« Ma quanto sei rammollito e quanto pesi tu! Smetti almeno di piangere. Sei già abbastanza pesante tu, senza le tue lacrime! Che piangi a fare adesso? Non volevi splendere come una stella? Be', l'hai fatto! Cosa vuoi ancora? Smettila! Basta frignare e comportati da uomo! »

Giunti alla porta d'entrata della casa, il bruco depositò la sua pesantissima foglia e se ne andò sbuffando per la fatica. La mattina dopo il cucchiaino fu ritrovato bagnato fradicio e tremante dal freddo. Una mano lo raccolse e una voce disse:

« Che zozzo, com' è finito qui il cucchiaino del servizio d'argento, vorrei proprio sapere! »

Poi gli venne fatta la doccia calda, fu lucidato per bene e rimesso insieme alle altre posate nell'armadio. Là dentro, al caldino, ripulito e rimesso a nuovo, trovò tutti ad aspettarlo. Babbo coltello, mamma forchetta, le tazzine da caffè Bice e Lice, la zuccheriera Dolcina gridarono a una voce:

« Ma dove sei stato? Siamo stati tanto in pena per te! »

Il cucchiaino sorrise, si guardò il corpo lucidato di fresco e rispose:

« Ho brillato una volta sotto il cielo come una stella e ora sono contento di essere di nuovo a casa a fare il mio lavoro! »

IL TERMOMETRO CHE SOGNAVA
DI FARE IL CHIRURGO

Nessuno di voi può immaginare la vita stressante di un termometro in un ospedale. Già alle cinque e un quarto del mattino, non importa se domenica, lunedì, festività, si inizia a lavorare. È ancora buio e anche un termometro fa fatica a svegliarsi. Qualche volta quindi può succedere che non sia preciso. Durante la giornata è trasportato di qua e di là, lavato e disinfettato di continuo. Chi lo tiene sotto il braccio, chi in bocca, chi tra le gambe incrociate. A volte rischia di scoppiare se il paziente ha un febbrone da cavallo. In questi casi, oltre alla paura, gli viene pure il mal di testa. E prima che gli passi ce ne vuole! È un lavoro piuttosto complicato e pericoloso se si tratta di misurare la febbre a un bambino. Qualche termometro muore così, senza gloria, buttato per terra, ridotto in mille pezzi senza una frase di conforto. Anzi, brontolano pure perché non sanno dove gettare il mercurio. Fare il termometro in un ospedale è comunque un lavoro di grande responsabilità. Ma non tutti i termometri sono uguali e ragionano allo stesso modo.

Mercurietto, per esempio, era un termometro un po' speciale. Era un modello nuovissimo, svizzero, quasi tutto in plastica bianca con uno schermo elettronico su cui apparivano numeri indicanti la febbre. Un pips discreto avvertiva che la misurazione era terminata. Aveva una linea slanciata, molto elegante ed era studiato apposta per misurare la febbre ai bambini senza rischiare ogni volta inutili omicidi.

Mercurietto era gentile ma riservato, cordiale ma taciturno. Si poteva pensare che fosse superbo ma non era vero. Gli piacevano i bambini ma al tempo stesso li temeva perché erano troppo turbolenti. Aveva un grande sogno che non aveva mai rivelato a nessuno: quello di fare il chirurgo. Trovava un po' banale star lì tutta la vita a misurar la febbre. Era un tipo d'azione lui! Gli sarebbe piaciuto essere un bisturi affilatissimo, ben curato, che taglia la carne del paziente secondo una linea esatta, senza esitazioni. O avrebbe desiderato essere un paio di forbici che recidono coraggiosamente, oppure una di quelle grosse pinze che... tutto nell'interesse del paziente naturalmente. Mercurietto si sentiva portato per una vita di sacrificio in favore dei pazienti. Voleva essere uno di quegli arnesi lucidi, disinfettati, ben riposti che destano rispetto. E invece cos'era? Un termometro ultra moderno che si annoiava a misurare la febbre da un sedere all'altro, da un'ascella all'altra! Si sentiva tanto frustrato e infelice.

Un giorno l'infermiera di turno dimenticò di riporlo al suo posto per la gran fretta. Era stata infatti chiamata d'urgenza in sala operatoria per un caso grave appena giunto all'ospedale: un bambino che era stato investito da un'auto. Mercurietto si ritrovò quindi in tasca all'infermiera mentre aiutava i medici durante l'operazione. Con il cuore in tumulto e il mercurio che ribolliva dall'agitazione, il termometro decise di dare un'occhiata e si sporse appena dall'orlo della tasca. Guardò fuori con decisione ma il mercurio nel suo cuore si gelò alla vista di tutto quel sangue sui teli verdi che coprivano il malato, sulle mani inguantate dei chirurghi e sugli attrezzi. Strabuzzò gli occhi, segnò un febbrone di 40° e ricadde nella tasca dell'infermiera svenuto. Da quella volta non sognò più di voler fare il chirurgo!

IL CALICE DI CRISTALLO DI BOEMIA
E IL BICCHIERE DI PLASTICA

Nella luminosa sala da pranzo di casa Santocielo c'era una bella vetrinetta piena di bicchieri e bottiglie di cristallo, i pezzi migliori e antichi di famiglia. Tra i tanti bicchieri ben allineati ce n'erano dieci a calice, di cristallo di Boemia, di squisita fattura e ricamati a mano. Molto antichi, con ricami delicati, splendidi. Erano di varia forma e grandezza: calici da vino, da spumante, piccolini da liquore. In origine erano stati molti di più ma il tempo, l'uso, mani disattente avevano fatto un macello.

Uno di loro, un calice da vino, attirava l'attenzione: alto, slanciato, lucente, aveva ancora intatto il bordo dorato, a differenza dei suoi compagni. Forse era stato usato meno degli altri. Si chiamava Filippide e piaceva tanto alla padrona di casa.

Una sera, a cena, c'erano ospiti. Il tavolo fu preparato con una bella tovaglia di lino ricamato, i piatti del servizio di porcellana, i bicchieri di Boemia e abbellito da un mazzo di roselline color corallo. Anche i due bambini di casa sarebbero stati presenti e al loro posto erano stati messi due bicchieri di plastica blu con incisi sopra un gattino e un cagnolino. Fu destino che quella sera Filippide si trovò accanto al bicchiere di plastica di nome Plastichina, quello che aveva inciso un cagnetto. Era un bicchiere grazioso, dalla forma semplice ma armoniosa, blu scuro con quel buffo disegno inciso in rosso, occhioni sorridenti dalle ciglia lunghe e un modo di fare cordiale e simpatico. Però era di plastica, pensò Filippide, ben lontano dalla propria aristocratica qualità.

Quella sera i due si sorrisero e cercarono di parlarsi ma fu un po' difficile perché quando Filippide era sollevato in aria per permettere di bere, Plastichina era sul tavolo e quando lei era portata alla bocca del bimbo, Filippide si trovava sul tavolo. Quando la cena finì era molto tardi. Tutti erano stanchi morti e la padrona di casa non ebbe voglia di riordinare, portò solamente tutti i bicchieri in cucina e li lasciò lì uno accanto all'altro vicino al lavandino. E se ne andò.

Filippide e Plastichina si ritrovarono, quando si dice il destino, vicini. Lui così alto e slanciato sul piedestallo esagonale, lei così piccola che gli arrivava appena al fondo del calice. Si parlarono a lungo quella notte. Però a lei venne il torcicollo a furia di guardare in su e a lui venne male alla schiena a furia di guardare in giù. Non chiusero occhio tutta la notte e si raccontarono molte cose, anche certe che non sapevano di voler dire. La mattina dopo i due bicchieri furono lavati e asciugati, lui a mano delicatamente, lei in lavapiatti. Furono poi riposti nei rispettivi armadi, lui nella vetrinetta elegante in bella mostra in sala da pranzo, lei nell'armadio di legno in cucina, infilata in una pila di bicchieri uguali a lei.

Non si videro per molto tempo ma si pensarono intensamente. Finché una domenica si ritrovarono sul tavolo per un pranzo festivo e appena s'incontrarono il cuore saltò loro in gola e seppero di essersi innamorati l'uno dell'altro.

Non si trovarono vicini, bensì uno di fronte all'altro. Fu difficile guardarsi e sorridersi poiché il tizio che usava il calice di cristallo beveva spesso a sorsetti e lo sollevava di continuo. Aspettavano con ansia di ritrovarsi in cucina prima di essere lavati. Così fu infatti e nonostante il torcicollo e il mal di schiena passarono alcune ore romantiche tenendosi per mano.

Filippide a un certo punto, tutto emozionato, sussurrò a Plastichina:

« Sei il più bel bicchiere di plastica che io abbia mai visto! »

« Tu sei molto più bello di me, sei un cristallo lucente! » rispose lei con un sorriso modesto.

Filippide si chinò ancora di più finché la sua schiena fece un clic pericoloso e, prima che succedesse qualcosa, si affrettò a dire:

« Vuoi sposarmi? »

Plastichina restò senza fiato.

« Sì, lo vorrei tanto! » rispose. « Ma io sono di plastica! »

Era un bel problema. Nell'entusiasmo Filippide aveva minimizzato le difficoltà della loro situazione. Plastichina, più pratica e realista, aggiunse:

« Tu abiti con i cristalli più fini di casa. Io sto in cucina con le stoviglie di tutti i giorni. Come faremo a stare insieme? Tu sei un bicchiere speciale da vino, io sono un bicchiere per i bambini. Quando loro saranno cresciuti non servirò più e mi butteranno via. E poi… - aggiunse con un tremolio nella voce - che razza di bambini potrebbero avere un bicchiere di cristallo e uno di plastica? »

Il torcicollo le dava una sensazione dolorosa, ma vedere Filippide così appannato e triste era una pena insopportabile.

« Allora non c'è speranza per noi? » disse lui con un fil di voce.

« Siamo un amore impossibile, » rispose Plastichina tristissima.

In quel momento arrivò la padrona di casa, lavò i bicchieri e li mise al loro posto. Più tardi, alla sera, mentre leggeva il giornale in sala da pranzo, giunse al suo orecchio un rumore inconsueto, come di qualcosa che andasse in frantumi nella vetrinetta dei cristalli. Si avvicinò, l'aprì e scoprì Filippide in mille pezzi.

« Ah, il mio bicchiere preferito, che peccato! L'unico con il bordo d'oro intatto. Questi calici di cristallo di Boemia sono tanto belli ma sono proprio delicati. Si rompono da soli, » commentò la signora raccogliendo cautamente i frammenti.

Era proprio un amore impossibile. Quando Plastichina si accorse che Filippide non era più nella vetrinetta pianse molto, si gettò due, tre volte giù dal tavolo disperata e una volta persino giù dall'armadio. Ma sapete com'è questa plastica moderna: è indistruttibile! Plastichina si ritrovò dei mal di testa così violenti, dolori da tutte le parti così potenti che disse a se stessa:

« Era un amore impossibile. »

E decise di ricominciare a vivere.

LA MELA CON IL MAL DI PANCIA

Durante un disastroso temporale autunnale la violenza del vento, o forse un fulmine, aveva spezzato un ramo del giovane melo appena piantato l'anno precedente. Aveva cinque mele in tutto che dondolavano terrorizzate nel vento. Erano belle grosse, panciute e rossastre e avevano il terrore di piombare al suolo da un momento all'altro e di beccarsi un'ammaccatura tale da farsi male seriamente. Una di quelle belle mele continuava a ripetere:

« Ohi, ohi, ohi! »

Teneva gli occhi chiusi, tremava tutta e pensava "Ohi, mi viene la febbre dalla paura. Ohi, non voglio guardare giù per terra, se casco da quassù mi rompo l'osso del collo! Ohi, ohi, mi fa male la pancia!"

Plop-pum, si sentì in quel preciso istante. Un colpo di vento più forte degli altri aveva staccato due mele che erano piombate di peso ai piedi dell'albero. La nostra mela con il mal di pancia si chiamava Rossina; non volle aprire neanche un occhio perché tanto aveva già capito che cosa fosse successo. Cominciò a battere i denti, diventò pallidissima e cercò parole adatte a pregare. Ma come fa una mela a pregare?

Plop-pum, pum-plop, altre due mele caddero giù ma Rossina non le sentì perché proprio in quel momento il cielo fu squarciato da un fulmine e il tuono spaventoso che lo seguì coprì il rumore della loro caduta. E poi figuriamoci se in quel finimondo trovava il coraggio di aprire gli occhi.

« Ohi, ohi che mal di pancia! » ripeteva a se stessa come una cantilena, forse per farsi coraggio.

La pioggia cadde abbondante e violenta, fulmini e tuoni esplosero più volte, le raffiche di vento facevano turbinare le prime foglie secche. Improvvisamente com'era venuto, però, altrettanto rapidamente il temporale scomparve. E tra gli ultimi, rari goccioloni la nostra mela aprì gli occhi, ancora tutta spaventata.

« Ohi, ohi, che mal di pancia! »

Quando si accorse di essere l'unica mela rimasta sull'albero e vide le amiche in terra destinate a marcire per la botta presa cadendo, si mise a piangere scuotendosi tutta. Il mal di pancia si fece più forte e le venne pure una certa nausea.

Infine Rossina non ebbe più lacrime. Allora si calmò un poco e diminuì il mal di pancia. Respirò a fondo l'aria umida e si sentì meglio. Mentre meditava sul triste destino delle sue amiche, sentì un prurito strano su un fianco e con sua grande sorpresa vide uscire da un neo scuro sulla buccia un vermetto bianco.

« E tu chi sei? » chiese Rossina sorpresa.

« Che domanda! Non lo vedi? Sono un verme. Ohi, ohi, mi hai fatto venire il mal di testa con tutto questo scuoterti, » rispose quello seccato e tutto tremante.

« Ma tu da dove vieni, scusa? » chiese Rossina.

« Ma che domande fai! Nella tua pancia ero! Guarda, sto così male che non mi va di essere importunato con domande sceme! » rispose il verme battendo i denti.

« Ma quanto sei villano tu! Chi ti ha invitato nella mia pancia? » chiese Rossina furente.

« Si sa, no, che le mele hanno spesso il verme. Ecco, io sono il tuo. E mi sento male, perciò lasciami in pace. Il temporale mi ha fatto morire dallo spavento e sto ancora tremando, » ribatté il verme respirando a pieni polmoni.

« Allora eri tu che mi davi il mal di pancia! » esclamò Rossina.

« Chiaro, no, chi vuoi che sia: abito qui da solo! »

« Che vuoi ne sappia io! E da quanto tempo sei qui se è permesso saperlo? »

« Da due mesi, se proprio insisti sulla precisione, » sbottò il verme con sgarbo.

« Ah, davvero? Addirittura due mesi! » commentò Rossina sorpresa. « Ecco perché sono stata male questi ultimi tempi! Ora mi spiego perché nessuno mi ha colta! Allora, ascoltami bene tu arrogante pulce: mi devi pagare l'affitto più i danni che hai provocato alla mia salute, più quelli arrecati alla mia immagine per cui nessuno coglierà più una mela rossa con il verme! »

Queste ultime parole si persero nell'improvvisa violenta raffica di vento che scosse l'albero. Rossina cadde al suolo rotolando nell'erba umida.

« Santo cielo, che botta! » si lamentò il verme con voce stridula. « Con te non si sta tranquilli un momento! Ma che affitto e affitto dei miei stivali! I danni te li chiederò io! Ho appena rischiato di rompermi l'osso del collo! Sai che ti dico? Me ne vado a cercarmi una tana più tranquilla sotto le radici dell'erba! »

E se ne uscì dalla polpa bianca e profumata di Rossina torcendosi tutto per lo sforzo di aprirsi un varco nella buccia spessa.

« Brutto screanzato! Ahi, mi fai male! Sei un immenso egoista e non…»

Non finì la frase. Sentì uno sbattere d'ali nelle vicinanze che oscurarono il suo cielo per un attimo. Un corvo nero si alzò in volo tenendo nel becco il verme suo inquilino.

«Ben ti sta, la giustizia esiste! » gli gridò dietro. « Io marcirò, concimerò questa terra e rinascerò un giorno… tu finirai nella pancia dei corvi e di te non resterà traccia! »

F 110 - GIAGUARO-NELLA-NOTTE E LA SUA VERITÀ

F 110 Giaguaro-nella-notte era un aereo, un caccia militare, un bestione che non finiva più, con uno spiegamento di ali enorme, un muso affusolato con un pungiglione aggressivo in punta. Era fatto di materiale speciale, scoperto da poco, che gli permetteva di non essere identificato dai radar nemici, secondo quanto i tecnici avevano sbandierato alla presentazione ufficiale. Era dotato di apparecchiature elettroniche modernissime e ultra sofisticate che gli permettevano di vedere anche di notte gli obiettivi da bombardare. Orgoglio di tutti.

Era un aereo dall'aspetto imponente ma, nonostante la sua massa, si alzava in volo con la leggerezza di una zanzara. Sulle ali di colore grigio-verde militare portava i simboli della sua squadriglia di appartenenza. Soprattutto vi spiccava un giaguaro rampante nero, in posizione d'attacco, con gli occhi fiammeggianti e cattivi che monopolizzavano gli sguardi di chi osservava l'aereo. Accanto all'immagine si leggeva "Giaguaro-nella-notte". Nero l'animale che gli dava il nome e nera l'oscurità della notte che F 110 solcava con la sua sagoma possente. Insomma nero su nero! Suggeriva invisibilità, garanzia di successo senza il pericolo di venire visto o intercettato, cosa di cui andava fiero.

Quando era parcheggiato sulla pista della base militare di turno, F 110 incuteva timore oltre a molta ammirazione. Ma era vero terrore quello che incuteva quando si alzava in volo con i motori rombanti, un giaguaro scatenato, pronto a colpire. Il suo aspetto prometteva esattamente quello per cui era stato costruito. Era stato progettato per atterrire, per distruggere. Questa sembrava essere la verità della sua esistenza. Ma F 110 non se ne preoccupava quando solcava rapido con i suoi colleghi i cieli della California e del Nevada, dove la squadriglia era stazionata a periodi alterni. F 110 si divertiva invece e non conosceva altre possibili verità.

Si alzava in volo con i colleghi velocemente con i motori roboanti ma, raggiunta la quota richiesta, questi si placavano in un ronzio regolare e tranquillo, ovattato. Partire in missione piaceva molto a F 110. Dall'alto dominava i deserti assolati di quelle zone e le acque schiumose, profonde dell'Oceano Pacifico. Ma si trattava sempre di manovre, di una guerra per gioco, o di missioni di ricognizione, con la pancia vuota delle armi micidiali che, secondo i progettisti, quel tipo di aereo avrebbe potuto trasportare e lanciare. Era un gioco il giorno X: operazione Topo del Deserto, operazione Orso dei Ghiacciai, Operazione Vento dell'Ovest ecc. ecc. Un'esercitazione dopo l'altra. Molte ore di volo ascoltando i piloti allegri che si segnalavano per radio osservazioni e commenti tecnici. Roger, passo. Roger, passo e chiudo. Si comunicavano anche lazzi e spiritosaggini, semplici pensieri e riflessioni.

F 110 Giaguaro-nella-notte volava volentieri slanciandosi in alto con la gioia della sua potente accelerazione, scherzava con i colleghi della squadriglia, osservava i gruppi di delfini che saltavano nell'oceano, le distese immense del deserto con i cactus giganteschi e la polvere sollevata dalle jeep lungo le piste sabbiose. E poi su, su verso il cielo, allontanandosi sempre più dalla terra. Allora tutto diventava sfuocato. Solo puntini insignificanti punteggiavano la terra lontana.

Infine lunghi riposi parcheggiato a terra, quando lo pulivano, curavano, rifornivano di carburante, appestando l'aria del suo tipico puzzo. Spesso veniva ammirato e si sentiva lusingato.

Un giorno, la squadriglia fu inviata in missione molto lontano. Parlavano di una ricognizione sull'Iraq. Furono inviati a una base aerea in Turchia. F 110 non capiva il perché di quel trasferimento ma lo incuriosiva volare su nuovi panorami, alte montagne e immense zone desertiche tanto diverse da quelle a cui era abituato.

Una mattina, mentre erano in volo per ricognizione, un fiore rosso-arancione sbocciò all'improvviso nel deserto. Si sentì un'esplosione. Seguì un crepitìo cattivo e insistente. Un aereo che guidava la formazione cominciò a vacillare, perdendo quota. Poi si assestò riprendendo la sua posizione nella squadra ma le ali ondeggiavano ancora. Qualcosa non andava. Alla squadriglia fu ordinato il rientro immediato. Salirono in quota e in un silenzio teso e preoccupato tutti gli aerei rientrarono alla base, anche quello colpito. Era malconcio, con la carlinga danneggiata e vari fori da un lato. Il pilota fu aiutato a uscire dall'aereo. Aveva la tuta insanguinata su una spalla e non riusciva a camminare da solo. Lo portarono via con un'autoambulanza fra le voci concitate dei presenti.

F 110 si sentì molto scosso da quell'episodio. Non riusciva a dimenticarlo e rivedeva spesso la spalla insanguinata del pilota. Era partito dalla base allegro e spavaldo e al ritorno non poteva nemmeno camminare. Con il tempo Giaguaro-nella-notte fu assalito da un terrore strisciante. S'interrogava sempre più spesso sugli scopi della sua vita. Qual era la verità della sua natura?

Quel gioco di missioni ed esercitazioni arrivò a sembrargli qualcosa senza molto senso. Una copertura di che? Una menzogna con quale fine? Un po' alla volta nel suo intimo cominciò a soffrire, pensando con crescente orrore all' eventualità che il giorno X potesse diventare realtà. Che cosa sarebbe successo? Quale sarebbe stato esattamente il suo ruolo? Sangue, esplosioni e fiori rosso-arancioni?

Il problema era che F 110 Giaguaro-nella-notte non era come gli altri colleghi della sua squadriglia. Era sì nato come loro come uno strumento di guerra, di morte ma affiorò in lui poco alla volta l'animo del pacifista. Cominciò a soffrire terribilmente per l'aspetto guerresco che il destino gli aveva dato e per il terrore che un giorno lo obbligassero a partecipare a missioni di morte. Durante le esercitazioni cominciò a non divertirsi più tanto con i colleghi sorvolando oceano e deserto. Il panico cominciò ad attanagliarlo. Non vedeva più la bellezza del panorama durante il volo ma immaginava esplosioni, macchie di sangue e aerei che perdevano quota.

Al ritorno dalle missioni si allentava la tensione ma, spenti i motori, F 110 riposava sulla pista e si sentiva terribilmente abbattuto. Sentiva che la sua esistenza fosse piena di menzogne. Non riusciva a delineare la demarcazione fra verità e menzogna. Qual era la sua vera aspirazione? Qual era la verità della sua vita?

A volte guardava il tramonto e le sagome nere, fiere, guerresche degli altri caccia che, parcheggiati vicino a lui, in controluce si stagliavano contro l'incendio di colori rossastri del sole calante. In quei momenti gli veniva una grande paura perché si chiedeva sino a che punto ci si potesse fidare degli uomini.

Purtroppo aveva ragione. Il giorno X venne davvero. La squadriglia di F 110 fu destinata a un'altra base molto più lontana, in un'area desertica e si trovò insieme a tanti altri apparecchi sconosciuti, più o meno grandi, ma tutti con un aspetto aggressivo. Accadeva spesso che qualcuno rientrasse da una missione con la carlinga forata e vari danni. Qualcuno non rientrò proprio per niente.

Non era più un gioco. F 110 Giaguaro-nella-notte lo capì subito prima degli altri quando gli riempirono la pancia di una enorme quantità di bombe e quando i piloti salirono a bordo seri e decisi, senza un sorriso. Tra di loro non più scherzi in volo, ma brevi comunicazioni, a volte un segno veloce della croce e un secco "buona fortuna ragazzi!"

Le missioni ora avvenivano di notte. La prima volta il cielo era piovoso e le nuvole basse. Il rombo dei molti motori divenne assordante. F 110 Giaguaro-nella-notte cominciò a tremare, non per paura che gli potesse succedere qualcosa, bensì per la percezione improvvisa che la sua vita precedente era stata tutta una farsa. Ora la verità si faceva strada e lo afferrava l'orrore di ciò che avrebbe dovuto fare e che tutti si aspettavano da lui: lanciare bombe sul nemico, bombe vere che avrebbero ucciso, annientato e massacrato.

Raggiunto l'obiettivo, caddero le prime bombe. Sullo schermo computerizzato apparivano i punti da colpire. Le voci concitate dei piloti si incitavano a vicenda. Poi furono solo fiammate rosse e gialle e fumo e sempre quelle coordinate, come nei videogiochi. Le esplosioni violente in basso illuminavano l'oscurità e creavano colonne di fumo nerissimo che, alzandosi in silenzio, si mimetizzava con l'oscurità della notte. La terra invece divenne un inferno.

F 110 Giaguaro-nella-notte smise di pensare. Non ce n'era il tempo. Fece la sua parte in quella distruzione, come lo avevano allenato a fare. Ma quando tornò alla base, svuotato di tutte le bombe che gli avevano caricato, gli sembrava di aver perso tanti pezzi del suo aspetto grandioso, anche il cuore. Quella verità della sua esistenza lo disgustava. Si sentiva stremato, una menzogna vivente. Provava solo un forte desiderio di fuggire via. Ma come?

Durante il giorno successivo tutto fu più o meno tranquillo. Al tramonto gli caricarono in pancia il solito arsenale micidiale e quando calò il buio i motori rombarono. F 110 si alzò in volo con i colleghi. Sudava freddo e cercava di concentrarsi al massimo. Silenziosamente si mise a contare: "six, five, four, three, two, one...go!"

S'impennò verso l'alto, abbandonò il suo posto nella squadriglia virando poi a sinistra e puntando verso il suolo. Quando ne fu abbastanza vicino senza troppi rischi, fece scattare il dispositivo di sicurezza della carlinga e catapultò fuori dall'aereo il pilota ignaro e allibito che si trovò, senza sapere come né perché, appeso al paracadute.

Poi F 110 si sentì libero. Piano di fuga compiuto, si disse. Roger e passo. Puntò in alto e filò a grande velocità verso il cielo aperto, la stratosfera, persino pianeti lontani, non gli importava dove. Avrebbe cercato luoghi in cui gli abitanti non costringessero aerei pacifisti a seminare distruzione e morte. Non gli importava nulla di quello che sarebbe potuto accadergli. Poteva forse entrare in orbita intorno alla terra e seguire girando, alternando la luce del giorno alle tenebre della notte, sino a quando il materiale ultra sofisticato del suo corpo non si fosse consumato o il suo destino avesse voluto che qualche satellite impazzito o invecchiato o una meteorite senza meta lo avesse centrato mandandolo in mille pezzi.

ZUCCHERO E SALE: DUE SEMPRE IN LITE

Nella cucina della signora Gina c'era sul balcone vicino alla finestra un vassoio nero decorato con bellissimi tulipani gialli e rossi. Su questo vassoio facevano bello spicco due vasi di vetro con il tappo di sughero. Uno era grosso, panciuto, con il collo grande e un tappone largo e basso come un uovo fritto. L'altro era più alto, stretto, con il collo allungato e il tappo di minori dimensioni che sporgeva curioso.

Il vaso ciccione era quello dello zucchero, quello più magro conteneva il sale. E sin qua niente di speciale. Il problema era che quei due erano un po' particolari.

« Spostati più in là, tu grassone! » diceva molto spesso il sale. « Mi nascondi con quella pancia il tulipano giallo che mi piace tanto! »

« Taci tu polvere inutile, chiudi il tappo e taci! » rispondeva lo zucchero offeso.

« A chi polvere inutile? A meeeee? Ma non lo sai che il sale va dappertutto, un pizzichino persino nei dolci e nelle frittelle? Invece tu…pfui! » attaccava il sale con quanta forza aveva.

« Ah sì, » replicava velenoso lo zucchero. « Nei dolci io non ci sono? E sopra le frittelle che ci mette la signora Gina? Nel tè e nel caffè ci metti il sale tu? E nella cioccolata? »

« Saccarina, oppure niente, così non si rovina il sapore del caffè e del tè. Tu e il tuo sapore dolciastro e melenso! Puah, che schifo! » aggiungeva il sale torcendosi per il disgusto.

Insomma, quei due non si sopportavano affatto, litigavano in continuazione e si insultavano volentieri. Quando poi restavano senza argomenti e parole di guerra, cominciavano a spintonarsi a destra e a sinistra con la scusa che i bei fiori sul vassoio non si vedevano, che uno prendeva tutto il sole che entrava dalla finestra o tutto lo spazio a disposizione ecc.

Quando i vasi erano mezzi vuoti, la situazione era più calma e anche il vetro dei contenitori stessi poteva rilassarsi un poco. Quando invece erano pieni sino all'orlo, i due erano assolutamente insopportabili. Quando poi la signora Gina era via in vacanza e quei due restavano inattivi per un po', si salvi chi può. Persino la caffettiera, altrimenti così paziente e serena, sbottava:

« Siete insopportabili, mi logorate i nervi! Ma lasciateci tranquilli! »

Una volta il vetro dei vasi aveva addirittura minacciato di rompersi perché non ne poteva proprio più delle loro liti.

Un giorno la bambina della signora Gina volle fare un dolce tutta da sola. Ma il vaso dello zucchero era troppo grosso e pesante per le sue manine e le scivolò in terra. Fu un bel disastro e la piccola ci rimase male. Ma chi ci rimase ancora peggio fu il vaso del sale. Tutto solo sul bel vassoio dipinto aveva i tulipani, il sole, lo spazio tutto per sé ma non aveva nessuno con cui litigare. Cercò di attaccar briga con la caffettiera, il tostapane, la brocchetta con i fiori. Ma nessuno lo prendeva sul serio e qualcuno al massimo lo tacitava con fare annoiato:

« Taci rompino, con noi non attacca! »

Niente di più. Il sale ribolliva dalla rabbia e dalla noia e parlava a se stesso completamente frustrato. Finché un giorno gli misero accanto un bel vasone di ceramica rossa con scritto sopra in blu a grandi lettere 'zucchero'.

Il sale tirò un sospiro di sollievo e lo fissò.

« Ehi zucchero, ti sei vestito da carnevale? » esordì. « Sei proprio ridicolo chiuso in un recipiente di quel colore lì! »

Non ricevette risposta. Provò ancora e poi ancora, sempre più aggressivo, ma le sue parole non penetravano la corazza di ceramica rossa. Si sentì veramente perso, solo, stanco e finito. Rimpianse amaramente il suo litigioso compagno.

« Non ho mai visto un recipiente per lo zucchero come te, » dichiarò un giorno esasperato per quel silenzio. « Un altro po' di colore però sta bene su questo vassoio. »

« Mi fa piacere che ti piaccia, » rispose lo zucchero con voce nasale. « Sai, io sono zucchero in zollette e la ceramica è più adatta a me. Hai abbastanza spazio o vuoi che mi sposti? »

Il sale fece un salto per la sorpresa.

« No, non preoccuparti, grazie, » sussurrò. « Mi basta qui dietro a te, comunque ti usano più di me e lì starai comodo. »

Cominciarono a parlarsi e ancora oggi non hanno finito!

LA PALLINA DA TENNIS VENDICATIVA

Peng-pang era una pallina da tennis. Una Dunlop, col punto rosso, nuova di zecca. Divideva la scatola con altre cinque sorelle. Tutte uguali. Ma Peng-pang era decisamente diversa. Cioè, all'apparenza no, era identica alle sorelle ma sin da quando la scatola fu aperta si notò qualche differenza. Infatti schizzò fuori come spinta da una molla, colpì il giocatore alla fronte, poi di rimando al ginocchio, completò il tutto con una bella capriola per aria e continuò a rotolare verso la rete al centro del campo. Sembrava non volesse fermarsi più. I due giocatori si guardarono sorpresi, risero un po', si divisero le altre palline e cominciarono a giocare. Peng-pang osservò le sue sorelle passare sopra la sua testa, poi toccò a lei. Si divertiva un mondo a volare di qua e di là della rete, lanciata a buona velocità, ruotante su se stessa. Però poi cominciò a stufarsi di quel gioco sempre uguale, regolare e cominciò a pensare a come renderlo più divertente. La racchetta la colpì con forza e Peng-pang si lanciò verso l'altra metà del campo; ma giunta all'altezza della rete decise di toccarne il nastro e di tornare indietro. Già che c'era deviò leggermente la traiettoria e andò a colpire la gamba del giocatore che l'aveva appena tirata, cadendogli poi su un piede. Dopo essersi massaggiato la gamba colpita, facendo finta che non gli facesse male, il suddetto giocatore raccolse la pallina e l'infilò in tasca. Questo proprio non piacque a Peng-pang che voleva volare. Scivolò fuori dalla tasca stretta e scomoda e cadde in terra tra i piedi del giocatore che vi inciampò sopra cadendo malamente. Si rialzò e tirò una gran pedata a Peng-pang mandandola a sbattere contro il seggiolone dell'arbitro. E quello le fece male, oltre, si capisce, all'affronto di venir presa a calci, lei, una raffinata pallina da tennis Dunlop, abituata a Wimbledon e Flushing Meadows! Cosa credeva quel tizio, di essere allo stadio? Decise quindi di vendicarsi. Aspettò buona, buona il suo turno e quando quel giocatore volle provare il servizio e buttò in aria la pallina, Peng-pang non si lasciò colpire e gli ricadde su un occhio. A quel punto gli venne il dubbio che qualcosa funzionasse stranamente in quella pallina. La rigirò in mano osservandola da tutte le parti e poi sussurrò tra i denti:

« Ancora uno scherzo e sei fuori dal campo! »

Peng-pang capì di aver raggiunto il limite con quello lì e decise di rivolgere le sue attenzioni al secondo giocatore. Quando questi la colpì, Peng-pang, invece di partire nella direzione rete, schizzò in alto come un missile. Non raggiunse la stratosfera ma un'altezza incredibile per una pallina e atterrò poi esattamente sulla racchetta del secondo giocatore che, per la sorpresa, era rimasto fermo come una statua. Peng-pang ripartì in volo, descrisse tre grandi cerchi in aria e ricadde col fiatone vicino alla rete.

« Lascia stare quella palla, » disse il primo giocatore. « Non si riesce a giocare con quella lì. »

Così le toccò guardare per un po' il gioco noioso delle sorelle ubbidienti. Pang-pang, Pang-pang, destra-sinistra, sinistra-destra. Che noia! Allora ebbe un'idea: d'intercettare le palline appena superavano la rete, colpendole e imprimendo loro un'altra direzione. Come il gioco del biliardo. Quanto si divertiva Peng-pang! Molto meno i giocatori. Finché uno di loro la prese e con un fortissimo colpo la catapultò altissima fuori dal campo. E mentre rimbalzava nel prato di margherite non troppo distante richiamò l'attenzione di un cane che se ne andava a spasso: era un tipo giocattolone e non gli sembrò vero di avere una pallina passargli davanti al naso. Spiccò un gran salto, afferrò Peng-pang in bocca e masticandola di gusto se la portò via.

IL SOGNO SEGRETO DI UNA PIANTA DI FRAGOLE

Nell'orto di casa Picchiarelli c'era una combina di fragole, non troppo grandi ma profumate e dolcissime. Era il punto del giardino preferito dai bambini a fine maggio, quando si rubavano le fragole di cui erano ghiotti. Le piante erano robuste e non molto alte, si espandevano in larghezza con delle foglie polpose e di un bel verde intenso. Una di esse però si ergeva su tutte le altre, molto più alta di loro. Faceva una fatica tale ad allungarsi, a tirare verso l'alto le foglie e i frutti, che di sera piombava al suolo distrutta. Lo scopo di tali enormi fatiche era sconosciuto a tutti e le altre piante sue colleghe cominciavano a pensare che non avesse tutti i venerdì a posto e la chiamavano "Manca-un-venerdì". Ma non era vero: aveva tutti i giovedì e venerdì, solo aveva un grande sogno segreto. Aveva visto lì vicino alla combina delle fragole alcune altre piante altissime e sinuose, dalle foglie delicate e dai grossi frutti rossi di un bel rosso cupo, non così chiaro e sfacciato come le fragole. Erano lamponi. Aveva anche osservato come i bambini si rubassero golosi quei frutti, qualche volta litigando tra loro. Era diventata invidiosa. Una volta un lampone era caduto vicino a lei e Manca-un-venerdì lo aveva provato, restandone incantata. Era veramente dolcissimo e gustoso. Da quel momento aveva desiderato diventare alta e bella come una pianta di lamponi. Si era sì posta il problema di come fare a produrre quei frutti, senza trovare soluzione adatta, ma poi si era detta che probabilmente, se fosse riuscita a crescere come quelle piante, anche i frutti sarebbero poi venuti automaticamente.

Così, durante il giorno studiava il comportamento delle piante di lamponi e cominciò ad allungarsi verso l'alto, a nutrirsi di più, a fare un po' di ginnastica. A furia di strapazzarsi così, le radici erano in parte uscite dal terreno, le sue fragole erano più piccole e le foglie le dolevano. Alla sera si afflosciava sfinita al suolo. La notte si svegliava piena di dolori pensando a cos'altro potesse fare per crescere.

Malediva il destino che l'aveva fatta nascere fragola, rispondeva male alle colleghe che scuotevano i delicati fiori bianchi e cercavano di parlarle e di capire che cosa avesse. Non si accorse nemmeno che le sue foglie divenivano sempre più secche e le sue fragole si riducevano a bottoncini miseri senza sapore.

Venne l'autunno e un bel giorno la signora Picchiarelli fece un po' di pulizia in orto e vedendo Manca-un-venerdì così secca la strappò e la buttò via insieme alle altre erbacce proprio ai piedi delle piante di lamponi, pensando che esse durante l'inverno sarebbero così state un po' protette contro il gelo.

Manca-un-venerdì affondò alcune radici nel terreno, si sistemò per bene abbracciando uno stelo di lamponi e si dispose a dormire per tutto l'inverno, con la speranza che la primavera successiva si sarebbe svegliata pianta di lamponi.

Ma quando fu tempo di svegliarsi, al primo sole caldo che annunciava la nuova stagione, Manca-un-venerdì aprì gli occhi e cominciò a crescere. Però ben presto si accorse di non essere affatto cambiata, di essere sempre una pianta di fragole spuntata per caso tra quelle di lamponi. Loro sempre più alte, lei sempre piccoletta! La rabbia! La delusione! Protestò e gridò ed è ancora lì con il suo sogno segreto a protestare e gridare a ogni nuova primavera.

LA SVEGLIA CHE VOLEVA SCIOPERARE

« Drinnnnn! 6.10. Svegliati, presto, è un altro giorno. Fuori dal letto, pigracci! »

Così squillava la sveglia Allarmina ogni mattina. I suoi proprietari erano terribilmente assonnati ma lei non era da meno. Sognava le vacanze per potersi rilassare e dimenticare lo stress quotidiano. Spesso doveva suonare anche al pomeriggio e questo le costava molta energia.

Allarmina era una bella sveglia metallica dal quadrante dorato, era in quella casa già da dieci anni e aveva ticchettato sempre, senza mai ammalarsi o protestare. Ne era molto orgogliosa. Però, si sa, nella vita di ognuno ci sono alti e bassi e dopo dieci anni di buona salute, Allarmina si prese il mal di gola e una mattina suonò molto rauca, con un fil di voce, e nessuno la sentì.

Quando la signora Ravanelli si svegliò, un'ora dopo il dovuto, le prese un colpo e schizzò dal letto gridando:

« Quella balorda di una sveglia non ha suonato! »

Chiamò tutti senza tante tenerezze, ci fu un fuggi, fuggi generale in bagno, un caos indescrivibile, porte sbattute, piedi al galoppo giù per le scale.

Certo che ad Allarmina dispiaceva di aver provocato involontariamente quella confusione ma si sentiva proprio male e soprattutto molto offesa per le parole scortesi che le avevano rivolto. Dopo dieci anni di leale cooperazione la chiamavano balorda!

Quando tutti furono usciti di corsa la signora Ravanelli tornò in camera da letto, prese in mano la sveglia, la rigirò di qua e di là, provò la suoneria e sentì quanto era roca.

« Questa ci mancava proprio, » borbottò. « Adesso devo portarla a farla vedere, controllare. »

Allarmina si sentì ancora più offesa!

"Perché, santa Polenta, non posso ammalarmi anch'io? "
pensò. "Certo che mi devi far vedere! E da un buon dottore anche!
Lo pretendo dopo tanti anni di lavoro! "

Fu così che passò alcuni giorni in ospedale, dove la
controllarono vite per vite, molla per molla. Fece un po' male ma
alla fine si sentì come nuova.

In quel periodo ebbe tempo per meditare e decise di dare una
bella lezione alla signora Ravanelli e compagni: avrebbe
scioperato ogni tanto e si sarebbe goduta qualche sacrosanto
giorno di riposo.

Così fece. Qualche volta, quando non ne aveva voglia o faceva
freddo o desiderava dormire, semplicemente bloccava la suoneria.
Quindi la famiglia, in ritardo e tutta in agitazione, correva e si
spicciava. Allarmina si divertiva. Al quarto sciopero ci fu oltre alle
solite corse un'accanita discussione tra il signor Ravanelli e sua
moglie.

« Ma insomma, buttala via quella sveglia antidiluviana, »
gridava lui. « E'un ferrovecchio! Non si può continuare così, non
posso arrivare in ritardo in ufficio! »

« Ho capito, calmati, ma è un regalo, un caro ricordo, »
replicava lei rossa in viso. « Non posso buttarla via. Poi, ho speso
già un sacco di soldi per farla aggiustare! »

« Capirai, il caro ricordo! E quel delinquente dell'orologiaio ti
ha solo spillato soldi! Insomma, fa' qualcosa. I bambini non
possono arrivare a scuola in ritardo così spesso! E sempre con la
stessa giustificazione: la sveglia non ha suonato! Assurdo! »
continuò lui fuori di sé.

A quei discorsi Allarmina si allarmò davvero. Ma come faceva
ad avvertire che non avrebbe più scioperato?

Quella sera si ritrovò vicino una sveglietta di plastica bassa e
lunga.

La signora Ravanelli le caricò entrambe e il mattino seguente
suonarono insieme, in coro. La nuova aveva una vocetta sgraziata,

acuta, penetrante e intermittente. Allarmina un suono lungo, profondo, insistente. Insieme erano uno strazio. Anche un sordo si sarebbe svegliato! La nuova andava qualche minuto indietro. La vecchia qualche minuto avanti. Ma tutto sommato andavano d'accordo. La famiglia non arrivò mai più in ritardo e Allarmina si salvò dalla demolizione.

ADIDAS C51, PALLONE DA CALCIO
CON L'ESAURIMENTO

La stagione calcistica nel cuore dell'inverno è davvero un bel problema. Pioggia e neve rendono i campi da gioco pantani scivolosi dove l'erba è spesso solo un ricordo.

Soprattutto a XY-City la situazione era grave. La cittadina era spesso avvolta da nebbioni paurosi così densi che si sarebbero potuti tagliare con il coltello. Non si vedevano né strade, né semafori, né case, figuratevi un pallone bianco e nero in un campo di calcio ricoperto dal pantano!

A volte la stagione calcistica doveva essere interrotta per le disastrose condizioni atmosferiche, con grande delusione di molti tifosi.

A XY-City, infatti, c'era una squadra di calcio che nell'ultimo campionato si era ben distinta e aveva fatto miracoli. I giocatori, a dire il vero, si rallegravano per la pausa invernale perché desideravano avere più tempo per sé. L'allenatore si rallegrava molto meno perché temeva che i giocatori avessero troppo tempo libero e lo dedicassero a cretinate invece che a un allenamento costante e disciplinato.

Chi, invece, era felicissimo di quella pausa era il pallone Adidas C51, quello che veniva usato più di tutti gli altri palloni, sia nelle partite ufficiali che in allenamento.

Adidas, poveretto, aveva il sistema nervoso scosso già da tempo ma nessuno l'aveva notato né in seguito aveva preso seriamente i primi segni allarmanti. Gli doleva tutto, la vista gli si era indebolita parecchio e aveva spesso la pressione bassissima, tanto che diventava mollo, mollo e l'allenatore lo doveva gonfiare più volte. Questi si era meravigliato che Adidas si sgonfiasse di continuo ma non lo aveva mai sfiorato neanche lontanamente il sospetto che avesse un potente esaurimento nervoso. La situazione era invece grave. Adidas non ne poteva più di essere calciato da destra a sinistra e da sinistra a destra, di ricevere pedate in pancia, in testa, sulla schiena, di volare in alto e a lunga gittata, di venir preso a testate che lo sconquassavano tutto. In partita, appena intravedeva l'occasione giusta, rotolava fuori dal campo: rimessa o calcio d'angolo poco gli importava, purché potesse riposarsi un attimo.

Durante gli allenamenti, poi, era anche peggio. Adidas non poteva defilarsi e riposare perché il più giovane giocatore di quella squadra, di appena diciotto anni, lo considerava un portafortuna e senza di lui rifiutava di allenarsi. Gli aveva persino scritto sopra le sue iniziali!

Era un ritmo di lavoro stressante. Quasi tutti i giorni allenamento e domenica partita! E sempre essere preso a pedate da tutti quei fanatici in mutandoni e scarpe chiodate. Che mal di testa! Non parliamo poi delle urla del pubblico! E come se non bastasse, quando un giocatore segnava un goal, nell'ebbrezza generale, c'era sempre qualcuno che gli assestava un'altra pedata e giù in rete nuovamente, così per la gioia, tanto per fare. I fischi dell'arbitro gli perforavano le orecchie e il cervello. Quei novanta minuti di gioco gli sembravano ogni volta un'eternità e alla fine della partita si sentiva tutto dolorante, a pezzi. Sfinito. Gli girava la testa, aveva due occhiaie profonde, la lingua di fuori, il cuore all'impazzata. Era inoltre molto avvilito perché nessuno badava alle sue condizioni né tanto meno si accorgeva del suo stato di esaurimento. Si chiedeva anche sconsolato sino a quando avrebbe resistito con quella vita e se non fosse forse giunto il momento di rivolgersi non solo a un medico ma anche a un sindacato per organizzare qualche bella manifestazione di protesta per sensibilizzare l'opinione pubblica sui problemi di un pallone da calcio! Anche lui aveva i suoi diritti!

LO SCARPONE DA SCI E LA SCARPINA DI RASO

Guglielmina decise di andare in montagna a sciare e cominciò a fare le valigie. In un grande borsone infilò gli scarponi da sci, i Moon-boots, le pantofole e un paio di scarpine di raso con il tacco a spillo per la sera. E chiuse la cerniera lampo. Lo scarpone destro si ritrovò con un tacco a spillo in un occhio ma, chiuso al buio nel borsone, non riuscì a vedere cosa fosse quell'affare fastidioso che lo pungeva. Disse solo gentilmente:

« Scusa, chiunque tu sia, ti dispiace togliermi dall'occhio quella cosa che non conosco e che mi fa male? »

« Dici a me? » rispose una vocetta delicata.

« Non lo so se dico a te. Al buio non vedo. Ma c'è qualcosa che mi punge nell'occhio e mi fa male, » disse lo scarpone.

« Aspetta, » riprese la vocina. « Provo a muovermi e tu mi dici se senti qualcosa, nel qual caso vuol dire che sono proprio io a darti fastidio. »

« Ahi, ahi, sì, proprio lì mi fa male! » si lamentò lo scarpone.

« Oh, scusa, mi dispiace! Deve essere il mio tacco a spillo a pungerti! » continuò la vocina. « Sai, io sono una scarpina da sera tutta di raso, piuttosto elegante, e quindi ho un tacco sottilissimo, proprio a spillo. Aspetta, ora cerco di cambiare posizione e di non disturbarti più. Ma dimmi, con chi ho l'onore di parlare? »

Detto fatto lei fece una capriola su se stessa e cambiò posizione.

« Ti ringrazio scarpetta di raso, sei stata molto gentile, » disse l'altro. « Io sono uno scarpone da sci, sai, sono grosso e pesante, ho due ganci per chiudermi che spesso s'incastrano dappertutto. Sono molto forte, robusto. Spero di non darti problemi con il mio peso. »

Poi tacquero perché qualcuno prese il borsone e lo trascinò via. Sballonzolavano tanto e non avevano proprio voglia di parlare. Respiravano un certo odore misto di sudore e profumo francese e speravano di arrivare presto a destinazione.

Dopo parecchio tempo Guglielmina aprì il bagaglio, sistemò le scarpe nell'armadio della sua stanza d'albergo e mise, quando si dice il destino, gli scarponi vicino alle scarpette da sera. Così si conobbero. Lo scarpone destro avrebbe voluto riprendere la conversazione con la scarpina di raso ma non sapeva con quale avesse parlato. Anche lei era piuttosto imbarazzata per lo stesso motivo.

« Scusate, » chiese lui alla fine facendosi coraggio. « Con chi di voi ho parlato poco fa? »

« Con me, » prontamente rispose la scarpetta di raso sinistra.

« Piacere! » disse lui.

« Piacere! Come sta il tuo occhio? Hai un brutto graffio. Mi dispiace esserne stata io la causa. »

Si guardarono e si sorrisero. Lui così grosso e ingombrante, rosso e bianco, dai colori sgargianti. Lei così minuta, arrampicata sul tacco a spillo, così raffinata e tutta blu con una fibbia di brillantini.

Chiacchierarono tutta la notte e si piacquero molto. La mattina dopo Guglielmina andò a sciare. S'infilò gli scarponi e sparì per tutto il giorno. Solo nel tardo pomeriggio lo scarpone destro, bagnato e stanco, tornò nell'armadio e fece appena a tempo a salutare la scarpina di raso sinistra perché Guglielmina a un certo punto infilò le scarpette da sera per andare a cena e poi a ballare.

Allo scarpone non rimase altro che attendere ansioso il ritorno della scarpina. Si vedevano poco ma parlavano tutta la notte al buio nell'armadio.

Andò avanti così per sette giorni. Poi si ritrovarono pigiati nel borsone. E durante il viaggio di ritorno a casa, allo scarpone destro venne in mente di essersi innamorato. Ne parlò sottovoce con il suo gemello sinistro e decise di agire. Emozionatissimo chiese alla scarpetta di raso sinistra di sposarlo.

« Siamo un po' troppo diversi, » rispose lei pensosa. « Ma chiederò cosa ne pensi la mia gemella destra. »

Però poi accettò.

« Non so proprio come faremo, » bisbigliò lei triste. « Tu sarai messo in cantina e io nell'armadio dell'appartamento! È una follia ma…»

I Moonboots fecero da testimoni e la cerimonia fu celebrata subito dallo scarpone gemello. Fu molto commovente, nonostante la scomodità di essere chiusi in un borsone, senza privacy, e di venire sballottati continuamente.

LO SKATEBOARD CON L'EMICRANIA

"Rolling" era uno skateboard blu, nero e giallo, aerodinamico e robusto. Era nuovo di zecca, lucido e bello. Incartato con un foglio trasparente chiuso da un gran fiocco giallo, si faceva proprio notare sotto l'albero di Natale tra tutti gli altri pacchetti regalo. Una bellezza.

E una gran gioia per Edoardino, un ragazzetto molto vivace che l'aveva tanto desiderato. Vide subito lo skateboard quando la famiglia entrò in sala al momento dello scambio dei regali. Si scaraventò a prenderlo, strappò impaziente la carta e lo strinse a sé sommerso dalla gioia. Poi ne lesse il nome inciso sopra, "Rolling", e decise che andava bene.

Provò subito lo skateboard in corridoio nonostante le proteste della madre, che aveva appena passato la cera. Ma non ci fu verso di fermarlo. Edoardino era così felice che si tenne lo skateboard sulle ginocchia anche a cena.

La famiglia prese il ragazzo un po' in giro ma si dovette abituare a vederlo sempre con "Rolling" sotto il braccio o sotto i piedi, non solo quando andava a scuola, ma persino quando faceva i compiti dondolando le gambe per concentrarsi o sfogare la sua energia. Dovettero pure abituarsi al baccano infernale che "Rolling" ed Edoardino facevano sull'asfalto in giardino, per strada, all'entrata della casa, su e giù per i gradini all'ingresso.

All'inizio i genitori dissero scambiandosi occhiate perplesse "fa un po' di rumore quel coso", più avanti dissero "quel maledetto arnese", dopo qualche mese aggiunsero "maledetto il giorno in cui gli abbiamo regalato quel coso! Mi fa venire l'emicrania!"

E in effetti avevano ragione. Edoardino scorrazzava con lo skateboard sul marciapiede che girava intorno alla casa. Tutte le volte che cascava, oltre al suo tonfo, si sentiva il colpo violento di "Rolling" contro il muro. Con il tempo il ragazzo era diventato piuttosto abile e aveva imparato a far salti e piroette sulla strada davanti a casa. A ogni salto il contraccolpo era rumorosissimo. Infine Edoardino si costruì anche una specie di trampolino a forma di mezzaluna, dal quale piombava al suolo violentemente rimbombando come una cannonata. Un'escalation costante. Anche perché i ragazzini con skateboard erano ora quattro e il baccano provocato era quadruplo.

I genitori di quei diavoli a rotelle, quando s' incontravano, portavano le mani a coprirsi le orecchie. Non c'era bisogno di dirsi nulla. Ogni altro commento era superfluo! I genitori di Edoardino avevano inoltre capito che quel bombardamento sarebbe potuto solo peggiorare. Infatti non era finita lì. I quattro ragazzini, in gara con se stessi e tra di loro per essere il più abile, divennero sempre più spericolati, dimostrando notevole fantasia di manovra. Per cui diventarono non solo sempre più rumorosi ma anche sempre più pericolosi. Per sé e per gli altri. A tal punto che far circolare cani, gatti e vecchietti non accompagnati divenne un'impresa rischiosa e un'imperdonabile leggerezza. Il raggio d'azione di quegli scavezzacollo si era andato progressivamente ampliando e il loro regno comprendeva ormai molte strade del quartiere. Gli skateboard, poi, non erano più quattro ma aumentavano ogni giorno. Si era notato inoltre un forte aumento nel consumo di pastiglie contro l'emicrania. Tutti ne soffrivano, tutti si lamentavano eccetto il farmacista del quartiere che era contentissimo per gli affari d'oro che stava facendo.

Nessuno però s'immaginava che anche uno skateboard potesse soffrirne. "Rolling" aveva compiuto tre anni da quel lontano giorno di Natale, aveva perso i bei colori brillanti di allora, era scorticato e graffiato, aveva le rotelline consumate e un aspetto abbattuto, decisamente poco sano.

Infatti, non ne poteva più di venire sbattuto e caracollato, di volare in alto per poi piombare violentemente al suolo. Il contraccolpo lo faceva impazzire ogni volta. Gli dava fitte penetranti che lo rimbecillivano e gli provocavano un'emicrania feroce. Si sentiva poi molto avvilito perché la gente lo malediva di continuo per il baccano che faceva, per il mal di testa che procurava a tutti invece di prendersela con quei ragazzi kamikaze. Di loro dicevano:

« Eh, si sa, sono giovani! »

E a lui, povero skateboard infelice, chi pensava? Cosa poteva fare lui contro la sua emicrania? Nemmeno una Cibalgina poteva prendere! Chi si interessava a lui? Edoardino all'inizio lo teneva in braccio, lo coccolava e se lo metteva vicino persino quando andava a dormire. Ora lo sbatteva in malo modo in cantina, in casa e nell'entrata a scuola.

"Rolling" riceveva scarse attenzioni e molti insulti. Era molto saggio per la sua età e si ripeteva spesso per tirarsi su di morale che i ragazzi di oggi sono così: egoisti, ingrati. Ma non sempre la cosa funzionava. "Rolling" si sentiva molto depresso e sperava che il tempo della pensione per lui arrivasse presto o che una nuova invenzione venisse a infiammare le menti vivaci di Edoardino e compagni.

I PUPAZZI DI NEVE

La prima neve della stagione era apparsa una sera di novembre: scendeva fine, fine e si depositava leggera ovunque. Alla luce dei lampioni per strada si poteva vedere il volo frettoloso dei fiocchetti bianchi. Durante la notte la neve fece un egregio lavoro e cambiò volto alla città. Ne era venuta giù così tanta che le strade erano diventate impraticabili. Caos totale quindi e paralisi della vita cittadina. Anche le scuole furono chiuse, con enorme gioia dei ragazzini e dei maestri. Tutti fuori a godersi quel panorama candido e fantasioso.

Nel giardino di casa Alberelli, Mara, imbottita come un pinguino, stava costruendo un pupazzo di neve. Con santa pazienza aveva ricavato una pallona enorme rotolando continuamente la pallina iniziale. Era diventata talmente grande che non riusciva più a spostarla. Decise quindi che come pancia del suo pupazzo quella dimensione poteva andare bene.

Per fare la testa ricominciò a far rotolare una seconda pallina. Quando questa fu bella grossa, Mara provò a issarla sulla pancia del pupazzo ma ebbe qualche serio problema e si fece aiutare dalla mamma. Quando pancia e testa furono sistemate, mise una carota per naso, due palle da tennis come occhi, una banana per bocca, tanti sassi per bottoni e il cappellino da baseball del fratello in testa.

Il suo pupazzo era splendido! Mara si sedette nella neve a contemplare affascinata il suo nuovo amico, gli sorrise ed ebbe l'impressione che lui le rispondesse. Gli cercò un nome adatto ma non le venne in mente nient'altro che Ghiacciolo.

Poi pensò che, poverino, il suo amico si sarebbe annoiato terribilmente da solo quando Mara non ci fosse stata e forse avrebbe avuto anche tanta paura di notte, al buio, senza nessuno accanto.

Decise quindi di costruire un altro pupazzo di neve. Lo fece più piccolo perché si sentiva molto stanca e non fece in tempo a mettergli gli occhi e naso perché era già tardi e doveva entrare in casa.

A ora di cena riprese a nevicare fitto, fitto e Mara, prima di andare a letto, salutò i suoi due amici dalla finestra. Nevicò per due giorni e fece molto freddo. Mara passava tutto il tempo libero dai suoi pupazzi Ghiacciolo e Ghiacciolina. Con loro chiacchierava, giocava, fantasticava e spesso aveva la sensazione che si fossero mossi o volessero raccontarle qualcosa.

Il papà, intenerito da quella curiosa amicizia, aveva preso una bella foto di Mara che teneva per mano i suoi pupazzi.

Dopo tutta quella neve tornò il sole, il cielo divenne blu intenso e limpidissimo, come solo i cieli nelle fredde giornate invernali sanno essere. Ghiacciolo e Ghiacciolina scintillavano al sole come fossero ricoperti da tanti brillanti. I passanti li ammiravano estasiati.

Nei giorni successivi il sole divenne sempre più caldo e la neve cominciò a sciogliersi. Le strade riapparvero più grigie e sporche del solito, saltarono fuori i primi ciuffi d'erba ingiallita nei giardini e vari oggetti dimenticati. Il manto bianco scomparve lentamente sciogliendo la magia in corsi d'acqua sporca.

Mara era preoccupatissima per i suoi pupazzi che si erano inclinati da un lato ed erano diventati un po' più piccoli.

Alla sera, dalla sua finestra, li guardava con apprensione. Ciò che non sapeva era che anche Ghiacciolo e Ghiacciolina fissavano sconsolati la finestra di Mara e le inviavano la buona notte. Loro però non riuscivano a chiudere occhio e ragionavano sul loro triste destino mentre una parte di loro sgocciolava perdendosi nel suolo. Che tristezza essere un pupazzo di neve che dura pochi giorni e non può opporsi alla sua amara situazione. Quanto è fragile la sua esistenza! Non bastava amare una bimba per avere allungata la vita!

Ghiacciolo e Ghiacciolina volevano vivere, disperatamente, ma continuavano a sciogliersi in un mare di lacrime finché una mattina, di loro non rimasero che il cappellino da baseball, le carote usate per il naso, le banane usate per la bocca, i sassi utilizzati come bottoni, le palle da tennis usate come occhi, bagnate fradice del loro pianto. E una foto bellissima che li ritraeva insieme a Mara nei giorni felici.

LA MACCHINA FOTOGRAFICA
CHE AVEVA PAURA DEI FANTASMI

Agafex era una macchina fotografica automatica da professionisti. Apparteneva a un tipo curioso, un po' estroso, che gli amici definivano pazzoide. Isidoro, però, pazzo non era, solo un po' originale. Amava fare foto particolari, dai soggetti più strani. Agafex lo seguiva sempre, però la vita con Isidoro era molto complicata e avventurosa. Più di una volta Agafex era quasi morta di crepacuore per la paura, rischiando che si rompessero le sue costosissime lenti. Aveva fotografato di tutto: leoni inferociti e affamati che si avventavano su una jeep pregustando il pasto prelibato, le montagne innevate viste dal deltaplano, un bambino lappone in groppa a una renna, i ghiacci impressionanti del Polo, le bufere violente di sabbia nel deserto, le impronte terrificanti dello Ieti, le gobbe del Mostro di Loch Ness riprese sott'acqua, una mezza dozzina di UFO e più ne ha, più ne metta.

Isidoro aveva provato di tutto: a cavalcare le onde sul dorso dei delfini, a farsi sollevare fuori dall'acqua sul naso di una killer whale, a parlare con i pinguini al Polo, a scendere in canotto giù per le rapide di fiumi impossibili.

Agafex lo aveva seguito ovunque, fotografando di tutto, vincendo spesso la paura, poiché in fondo amava l'avventura e ancor più quello strambo di Isidoro. Quando lui la metteva a tracolla e aveva quel ben noto sguardo brillante e inquieto, Agafex capiva subito che Isidoro aveva in mente qualcosa di nuovo e speciale.

"Si riparte!" pensava Agafex. Da un lato si rallegrava e moriva dalla curiosità, dall'altro si agitava maledettamente perché sapeva che non sarebbe stata una passeggiata fra le rose.

Quella volta famosa, in cui gli occhi di Isidoro erano stati più scintillanti del solito, non fu proprio una passeggiatina!

Tutto cominciò durante la visita al Castello McKinnock, nella contea di McKinnock, Scozia del nord. Sperso tra le colline, dominava la costa rocciosa, aspra, battuta dalle onde di un mare violento.

Era una giornata di settembre, nebbiosa e umida. I pinnacoli del castello s'intravvedevano appena nella nebbia e sembravano tanti razzi in partenza. La costa e le colline circostanti erano poco visibili. S'intuivano solamente. Il ponte levatoio era molto mal ridotto e le catene che lo avevano sollevato per secoli erano piuttosto consumate. Gli alberi intorno sembravano spettri infreddoliti danzanti. L'armatura di ferro di un antico guerriero, posta accanto al portone d'ingresso, sembrava si dovesse muovere da un momento all'altro per difendere preziosi segreti.

Isidoro attese con pochi altri visitatori di poter entrare e scattò nel frattempo alcune foto, pur sapendo che con quella nebbia si sarebbe visto molto poco. La visita era guidata da un maggiordomo tutto ossa, duro e dritto nella sua livrea rossa con i bottoni dorati. Si aggirava per le sale nude e scure con grande lentezza. Salutava le molte armature, sparse qua e là, con un discreto cenno del capo e controllava severamente che i visitatori camminassero sugli stretti tappeti.

Isidoro scattava velocemente molte foto, riprendendo un po' di tutto. A un certo punto inciampò e, per salvarsi dalla caduta, mise i piedi fuori dal tappeto.

« Ahi! » si udì allora distintamente.

Isidoro si girò su se stesso per vedere chi avesse pestato e disse "scusi" automaticamente.

« Scusi tanto lei! » disse la signora davanti a lui voltandosi indietro con un sorriso.

Agafex però aveva notato che i due non si erano nemmeno toccati, anzi, non erano stati neanche molto vicini.

Nella sala delle armi c'era molto buio e faceva freddo. Mentre la guida spiegava qualcosa sugli illustri defunti uccisi da quelle armi, la visiera di un elmo si chiuse con un improvviso scatto arrugginito e gracchiante, che fece fare un salto a tutti. Agafex pensò che un goccio d'olio ci sarebbe proprio voluto. La guida, senza mostrare alcuna emozione, interruppe il racconto, mormorò un 'sssttt' che sembrava il sibilo di un serpente, diede un colpetto di tosse e riprese a parlare.

La signora che precedeva Isidoro prese per mano il marito, la figlia abbracciò le gambe del papà e lui pensò:

"E io? Chi abbraccio io?"

Nella sala da pranzo il lungo tavolo era imbandito. Mentre Isidoro lo fotografava, un cucchiaio si mosse e si mise in bella mostra sul piatto di peltro. Subito dopo si accesero le candele del pesante candelabro al centro del tavolo e si spostò una sedia. Ad Agafex si bloccò lo scatto e non riuscì più a fotografare. Alla signora davanti si rizzarono i capelli. Un altro signore cominciò a battere rumorosamente i denti. Tutti i visitatori accelerarono progressivamente il passo verso l'uscita della sala. Quando si accorsero che il maggiordomo era sparito, si misero a correre giù per le scale come una mandria di bufali in fuga. Frenarono tutti di colpo al portone d'ingresso, urtandosi l'un l'altro, quando notarono il maggiordomo che, statuario e serissimo, tendeva una mano per raccogliere qualche soldo come ringraziamento per il suo lavoro di guida.

Man mano che i visitatori buttavano frettolosamente qualche moneta su quella mano bianca e ossuta, la fisionomia del maggiordomo si annebbiava sempre più, diveniva quasi trasparente finché, quando fu il turno di Isidoro, sparì del tutto, lasciando intatta e in piedi la divisa di maggiordomo. Le monete caddero tintinnando sulle antiche pietre dell'anticamera. Contemporaneamente esplose un fuoco d'artificio di risatine cattive che si mescolarono alle grida dei visitatori. Il pesante portone si aprì lentamente e questi se la diedero a gambe, galopparono a perdifiato sino al paese e chissà dove andarono a fermarsi. Forse corrono ancora per vincere il loro terrore.

Isidoro si fermò in paese, entrò nell'unico Pub che c'era, un bar vecchissimo e fumoso, chiese da bere, tracannò due whisky uno dopo l'altro.

« Lei crede ai fantasmi? » domandò poi all'oste.

« Io sì. »

Per parecchio tempo lo choc impedì ad Agafex di funzionare. Il terrore di quell'ultima avventura aveva bloccato i suoi meccanismi sofisticati e delicati. Di notte non riusciva a trovar quiete e le sue lenti erano continuamente appannate dal sudore freddo che le veniva ripensando al castello.

Isidoro era stranamente tranquillo e tutto occupato a sviluppare le foto prese. A un certo punto lanciò un grido e si afflosciò in poltrona tremante con le foto ancora umide in mano. Molte di esse ritraevano sullo sfondo nebbioso tante figure avvolte in teli bianchi. Ciò che non era stato visibile a occhio nudo era stato registrato da Agafex sulla pellicola sensibilissima.

« Ma allora non siamo stati mai soli! » esclamò Isidoro. « Nella sala da pranzo i fantasmi erano a tavola! Non è possibile! Era una messa in scena? »

Rimase a bocca aperta fissando attentamente le foto. Poi smise di tremare, scoppiò a ridere e i suoi occhi ripresero a scintillare vivacemente.

« Là ci devo tornare! » annunciò deciso.

A quelle parole Agafex si sentì male. Le forze le mancarono, la pressione salì pericolosamente.

"No e poi no, senza di me ci andrai!" fece appena in tempo a pensare prima che le sue lenti sofisticate, non reggendo allo stress e al terrore, andassero in mille pezzi.

Agafex divenne un bel pezzo da museo ammirato da tutti e trovò finalmente un po' di pace.

IL VIOLINO TROPPO BRAVO

Suonobello è un violino: antico, lucido, di un bel colore scuro. Porta i segni tipici dell'oggetto che è stato molto usato: qualche graffio, alcuni punti consumati. Si vede, però, che è un tipo molto nobile. Ha un suono bellissimo e da ciò deriva il suo nome. È sempre stato suonato da violinisti straordinari, ha lavorato in alcune orchestre ma anche da solo.

Ora è in mano a una ragazza, Giada Sofia, che già a diciannove anni è piuttosto nota come concertista di immenso talento. Quando è a riposo lui ha l'aspetto di un gran bell'oggetto senza anima, ma quando comincia a suonare si trasforma, sembra voglia parlare, dire tante cose con quei suoi trilli dispettosi, allegri, con i toni profondi e tristi, con quel canto dolcissimo e lento che sembra una carezza.

Quando suona ce l'ha un'anima e che anima! Riempie di lacrime gli occhi di chi lo suona e di chi lo ascolta.

Suonobello ama il suo lavoro, è orgoglioso di essere diventato sempre più bravo, di essere invecchiato con onore, di essere considerato ancora uno strumento favoloso. Ha un po' di artrite, qualche doloretto qua e là, ma è famoso, bello e apprezzato.

Però ha un dispiacere e cova un desiderio nascosto. È stufo di essere così eccezionalmente bravo, troppo bravo, perfetto! Come gli piacerebbe una volta tanto, in novant'anni di vita, stonare una nota o gracchiare anche solo un pochino! Come gli piacerebbe capitare nelle mani di un bimbo e soffrire con lui alle prime note sbagliate, alle prime canzoncine eseguite in modo insicuro con tante gracchiate e stonature. Come sarebbe felice di vivere il momento magico della prima esecuzione ben riuscita, del primo concerto importante, dei primi successi che promettono un talento futuro.

Qualche volta Suonobello avrebbe voglia di sbagliare una nota durante un concerto: una nota piccina, piccina, una di quelle che non si odono tanto. Altre volte gioca con l'idea di far saltare una corda, di spezzare l'archetto, di stonare proprio tutto, di lanciare acuti tipo fischio-di-treno o note profonde come la voce di un orco. Se la ride immaginando le facce degli ascoltatori e della violinista, i commenti sul giornale: "Violino impazzito, musicista svenuta, pubblico sotto choc!"

Come sarebbe divertente, pensa spesso! Poi però si spaventa all'intensità di questo suo desiderio. Perché mai vorrebbe essere meno di quello che è, si domanda? Da dove gli viene questa idea balorda? Come mai non gli basta la lunga serie di successi accumulati in tanti anni di attività?

Dopo, invece, quando si trova sul palcoscenico e Giada Sofia lo appoggia alla sua spalla esile con infinita dolcezza e fiducia assoluta, lui inizia a suonare con tutta la magia della sua anima. Non se la sente più di fare il ribelle. Sa che non potrebbe mai fare uno sgarbo simile alla violinista, quella giovane gentile dalle dita sottili e sensibili che lo accarezzano spesso e lo amano come un amico.

E poi, la verità è che non gli viene proprio! È troppo bravo, troppo professionista e da lì non si scappa. Allora pensa agli applausi che riceverà dopo, alla fine del concerto, si rilassa e continua a suonare come ha sempre fatto per novant'anni incantando il pubblico di mezzo mondo.

IL GELATO ALLERGICO ALLA CIOCCOLATA

In centro al paese di nonna Alba c'è una gelateria molto nota, tutta vetri e profumi irresistibili di frutta gelata. La scelta dei gelati fatti in casa è enorme e indovinare la combinazione giusta dei gusti comporta qualche difficoltà. Sono tutti ottimi e ben riusciti, eccetto forse il gelato alla pesca, che a volte si comporta in modo strano. Come due giorni fa, per esempio, quando un ragazzino ordinò un cono con pesca, cioccolato, nocciola. La signora al banco glielo preparò con cura ma, appena mise la pallina di pesca sopra al cioccolato, quella schizzò fuori dal cono! Una, due, tre volte. Poiché la cosa si ripeteva, la signora aggiunse invece una pallina di gelato alla banana.

Un'altra volta, quando la vaschetta del gelato alla pesca fu sistemata vicino a quella del cioccolato, il gelato alla pesca si sciolse tutto e divenne acquetta acida.

« Che strano! » dicevano tutti.

« Non ci capisco proprio niente! » aggiungeva qualcuno più sincero.

Ed era davvero così. Nessuno capiva nulla. Quel povero gelato alla pesca soffriva terribilmente, sia perché l'indifferenza delle persone per i suoi problemi l'offendeva, sia perché veramente stava malissimo tutte le volte che si trovava nelle vicinanze del gelato al cioccolato. Quando poi ne veniva a contatto, era un disastro! Il gelato alla pesca penava in silenzio e si vergognava immensamente di quella curiosa reazione di rifiuto del cioccolato. Non ne capiva il motivo e gli dispiaceva tanto essere sgarbato con un collega che non aveva nessuna colpa di essere com'era, appunto al cioccolato. La pesca si arrovellava a cercare una ragione per tale sofferenza e per quella situazione imbarazzante.

Un giorno nonna Alba andò a prendere un gelato in coppa con i nipotini. Amava più di tutti il gusto alla pesca. I bambini ordinarono invece due bei bicchieroni di gelato al cioccolato.

Quando le coppe furono servite, quella della nonna cominciò a tremare e il gelato si sciolse subito.

« Che cosa ti succede? » chiese nonna Alba al suo gelato.

Poiché nonna Alba era la prima e unica persona che le si fosse rivolta direttamente e per di più con tanta gentilezza, il gelato alla pesca decise di aprirle il suo cuore: "Ah, sapessi, come faccio a spiegartelo!" rispose con il suo linguaggio silenzioso. "Ogni volta che vedo o tocco il cioccolato mi sento malissimo. Non che lui faccia niente di sbagliato, anzi, siamo colleghi. Ma io non lo sopporto, vomito anche l'anima e mi sciolgo. Perché? Vorrei saperne il motivo. Nessuno si preoccupa per me!"

Nonna Alba era un tipo molto sensibile, comprensivo e sapeva capire il linguaggio silenzioso delle cose, delle piante e degli animali. Soprattutto ne percepiva la sofferenza e quel povero gelato alla pesca le fece una grande pena.

« Mi dispiace molto che tu ti senta così! » bisbigliò la nonna rimescolando il gelato sciolto con un cucchiaino. « Anche a me succede qualcosa del genere quando tocco il pelo degli animali! Mi gonfio tutta. La pelle diventa rosso-viola e prude terribilmente. Gli occhi mi diventano rossi, bruciano e sembrano due mele tonde, tonde. Mi rattrista molto questa cosa perché, a parte che mi sento davvero male, io amo molto gli animali e mi piacerebbe averne in casa con me. Si tratta di allergia. Forse è così anche per te. Semplicemente, sei allergica al cioccolato! Brutto affare davvero...» concluse pensierosa.

Sentendo la nonna parlare da sola, i suoi nipoti si scambiarono un'occhiata d'intesa. La nonna era tanto cara ma era proprio vecchietta e indubbiamente strana: parlava persino fra sé!

Nonna Alba notò lo sguardo inquisitivo dei nipoti; sorrise guardandoli.

« Peccato che il mio gelato si sia già sciolto, » disse poi loro con un sospiro. « Ma ha un ottimo sapore! E il vostro? »

« È molto buono, » risposero in coro i nipoti. « Non si è ancora sciolto. »

« Comunque sia, il gelato di pesca resta il mio gusto preferito, » continuò la nonna fissando il suo bicchiere. « E tu mi piaci lo stesso, anche se dovrò berti! »

Non era vero, naturalmente, ma la nonna voleva consolare chi già penava tanto. Prese la coppa di gelato liquido, lo bevve lentamente e ne ordinò un secondo.

CORSARO NERO DEL LARIO

Ho un nome roboante, lo so. Evoco pirati e aggressioni ma sono invece una grossa barca a vela dall'animo gentile. Mi ha chiamato così il nuovo proprietario, un tipo dai capelli grigi, per via del mio affilato scafo nero su cui hanno dipinto una testa da corsaro con tanto di feluca con teschio e occhio bendato. Ho una sottile striscia rossa dipinta a prua che dall'alto scende verso il basso e s'inabissa nell'acqua scura, particolarmente impenetrabile, del Lago di Como. Mi trovo al nord, in Alto Lario, area che prende il nome dall'antica denominazione di questo specchio d'acqua di origine glaciale. Veleggio al cospetto di alte montagne che sciolgono nelle acque i loro magnifici colori, dal bianco della neve d'inverno al verde estivo, al giallo-rosso autunnale. Ma non riescono a illuminare o schiarire il buio profondo del lago. Semplicemente lui inghiotte i colori, ne succhia la luminosità.

Sono molto amica del vento. Lo seguo in tutte le direzioni in cui soffia e gonfia le mie vele. Da nord alla mattina con il Tivano, da sud a mezzogiorno con la potente Breva. E proprio lei, la Breva, mi sta spingendo in questo momento verso Gravedona e la punta estrema del Lario. Stiamo tornando a casa, al porticciolo di Domaso, dopo una bella giornata estiva di corse sino a Menaggio, una graziosa cittadina nel centro del lago. Viaggio veloce sull'acqua increspata, mi inclino leggermente su un fianco. Amo ascoltare l'alito del vento, il tintinnio dei ganci delle corde delle mie vele, il fruscio allegro dello scafo che taglia lo specchio d'acqua.

Ma che cos'è questo rombo villano? Questo singulto gutturale sguaiato di motore spinto al massimo? Ci risiamo! È un motoscafo che mi vuole superare! E non è solo. Che cos'è quest'altro urlo gracchiante e acuto? Anzi, ne sento due. Eccole lì, sono arrivate anche loro, le moto d'acqua! Le detesto, vi assicuro!

D'estate il traffico è intenso sul lago. Siamo in tante noi barche a vela a scivolare sinuose sull'acqua. Rischiamo d'investire surfisti inesperti o speronare gliders incoscienti e canoe poco visibili. Il problema principale rimane però quello dei numerosi fuoribordo, dei motoscafi di linea o privati e dei battelli dei pescatori. In agosto poi si aggiungono le moto d'acqua dei vacanzieri a logorarmi i nervi! Sono un'anziana signora del lago e non sopporto assolutamente il rombo assassino dei loro motori, le improvvise accelerate e impennate dei motori, il basso borbottio fra un'accelerazione e l'altra. Quando mi si affianca uno di quei cosi mentre le mie vele spiegate sussurrano e dialogano allegramente con il vento, mi salta la pece alla testa e vorrei speronarli mandandoli a fondo. Riescono a destare in me pensieri e desideri aggressivi che non sapevo di avere! Mi chiedo tante cose, guardo il mondo stupendo naturale intorno a me e mi domando se quei paperi al turbo abbiano il tempo di vederlo!

Il mio proprietario, Andrea, viene da Milano spesso al weekend anche durante l'inverno. È un amico. Il nostro dialogo è fatto di silenzi, di parole perse nel vento. Pelle, legno, tela. È il nostro contatto magnetico. Conosco il suo umore dal modo in cui tiene le spalle e mi tocca. A volte le sue mani sono una carezza, a volte si muovono a scatti. I suoi pensieri volano lontano insieme al mio scafo che fende l'acqua gioiosamente.

Quando è allegro grida nel vento e gli porge il viso rugoso. Si lascia spruzzare i capelli e sorride contento.

« Tu sei la mia libertà! » mi dice spesso.

Raramente viene con qualcun altro. Se lo fa, è taciturno e lascia parlare l'altro. Non sembra gli interessi molto la conversazione! Fissa i monti e lo specchio d'acqua, annuisce di tanto in tanto.

A volte siede taciturno, imbronciato. Mi lascia scorrazzare come un cavallo senza redini. Le spalle incurvate lo fanno apparire più vecchio. Lo sguardo spento si perde in lontananza. So che soffre. Non lo posso aiutare e me ne dispiace. Io ho l'allegria nelle vele, l'energia nello scafo ma come faccio a passargliele?

Oggi è uno di quei giorni. Il vento è forte e stiamo volando! Ecco che si affianca un'altra moto d'acqua! Sfacciata, rumorosa, impertinente ci taglia a ripetizione la strada, ci gira intorno e solleva onde preoccupanti che mi schiaffeggiano i fianchi.

« Bestia! » grida Andrea improvvisamente. « Hai il cervello di una gallina! Vattene e lasciami il silenzio del lago, il respiro del vento… tu che te ne fai di tutto ciò… tu e quel maledetto motore sotto il culo! Ma le vedi le montagne? La bellezza della natura inviolata attorno a noi? Ma l'ascolti la voce del lago? Levati dai piedi con il tuo stramaledetto aggeggio! Ti odio… se non te ne vai subito ti polverizzo… ti mando io a picco nelle tenebre del lago…»

Urlando strattona a sé il timone. Il mio scafo cambia direzione. Le vele si svuotano un attimo e poi riprendono vento. Schizzo in avanti con violenza in direzione della moto d'acqua che ci precede allontanandosi.

« Forza *Corsaro Nero del Lario*! » grida Andrea. « Insegui quel maledetto bastardo… gli facciamo vedere noi! »

Che cosa intendi fargli vedere? Comincio a preoccuparmi. Andrea continua a urlare. Non l'ho mai visto così! Un ghigno violento gli storce il viso. Che davvero voglia speronare la moto d'acqua? Quella però ha ben compreso il messaggio. Vira a destra e vola a pelo d'acqua rapidissima verso la Baia di Piona.

Scampato pericolo! Anche per me!

WELCOME HOME!

"Welcome Home" è scritto sulla mia superficie ruvida e irsuta. Sono uno stoino in fibre di cocco. Do il benvenuto a tutti quelli che entrano a casa nostra. Guardo tutto dal basso, anche le persone. A volte sono indecentemente curioso quando passa qualche ragazza in minigonna. Mi diverto ma sono discreto.

La gente struscia i piedi con forza, mi pesta con stivali e scarpe pesanti senza tanti riguardi. Mi scuotono violentemente fuori dalla terrazza e mi sconquassano sino nel profondo delle mie fibre con un rumoroso aspirapolvere!

Quando la pioggia mi inzuppa e le scarpe sporche di fango mi inzaccherano, altra acqua mi gettano addosso e mi sfregano con uno spazzolone che mi strappa le fibre. Ancora acqua! Mi lavano e rilavano e mi mettono in piedi appoggiato al muro di casa a sgocciolare in terrazza.

Sopporto tutto. È il mio destino. Anche le zampe degli animali di casa, due cani e due gatti. Al loro passaggio mi fanno il solletico. Almeno le loro zampe sono delicate e non mi schiacciano! A volte però uno di loro mi ci si sdraia sopra togliendomi il respiro.

Sono robusto e profumo di materiale naturale, dicono tutti.

« Molto meglio di quegli orribili stoini sintetici, » dice la padrona di casa.

Vorrei raccontarvi qualcosa di me. Vengo da molto lontano, da un paese in cui le palme da cocco svettano civettuole sui loro sinuosi tronchi altissimi e offrono sostentamento alla gente. Non solamente i cocchi con il loro latte e la polpa bianca amarognola che si annida all'interno della noce. Se ne ricava l'olio e schegge per i dolci. Non si utilizzano solamente i gusci duri delle noci che, levigati e lucidati, vengono usati per creare oggetti e collane ma anche le penche che, intrecciate, formano muri verdi giallastri fruscianti al vento. In più la peluria grezza, forte e filamentosa che ricopre le noci, viene usata per usi svariati. Uno di questi sono io.

Non è facile la mia vita. Gradirei più rispetto e gentilezza, un tocco delicato senza peso come le mani di chi mi ha fatto. Sono nato in un capannone, tutto aperto ai lati, costruito in piena campagna vicino a immensi palmeti. Erano ragazzini quelli che raccoglievano il mio materiale e lo suddividevano in base alla robustezza delle fibre dei cocchi. Bruni di pelle, i capelli corti neri e lucidi, gli occhi nerissimi senza un sorriso. Seduti per terra a gambe incrociate, con le spalle curve, lavoravano in un silenzio stanco, avvilito. Qualcuno a volte cantava a bassa voce una melodia mesta. Altri ragazzi trasportavano gli stoini finiti sino a un angolo del capannone dove due uomini applicavano un'etichetta (*fibra naturale di cocco*) e li accumulavano uno sull'altro in attesa del camion che li veniva a ritirare. Così noi viaggiavamo chissà dove, lasciavamo quel posto e ci perdevamo per il mondo con il nostro profumo di fibra naturale. Noi sì, loro no. I ragazzi restavano là, giorno dopo giorno. Camminavano lentamente verso le loro casupole alla fine della giornata lavorativa, svuotati di energie, privi di alternative, quattro soldi in tasca. La loro infanzia inesistente. Quegli occhi neri senza sorrisi.

Quando vedo i ragazzini qui in casa, i loro amici che arrivano per giocare, quando li vedo caracollare in giardino dietro un pallone o sulle bici, penso a quelli nel capannone che mi hanno intrecciato. Giocavano nei momenti liberi? Avevano un pallone? Una bici? Qui sento i ragazzi ridere e gridare, spensierati e un po' selvaggi a volte. Quando rientrano a casa e stropicciano pesantemente le scarpe sporche su di me, sono contento perché li sento stanchi ma felici. Ripenso ai ragazzi del capannone, silenziosi ed esausti, ai loro occhi seri, le spalle incurvate. Eppure erano contenti di riuscire a portare a casa quel poco denaro che serviva alla famiglia, a bocche affamate più giovani, che permetteva a qualche fratello di andare a scuola, che assicurava la sopravvivenza.

Sono due mondi talmente distanti!

Nonostante io sia strapazzato e insozzato, sono molto robusto. Resisto. Sino a quando, ridotto a una massa spelacchiata di fibre spezzate, mi butteranno via, ricorderò a tutti chi sono le mani che mi hanno creato.

SGUARDO DA LASSÙ FRA LE NUVOLE

Vivo in montagna da quando sono nato. Mando avanti da solo un rifugio montano sull'Abetone. Qualcuno mi chiede come sopporto questa solitudine, specialmente nella stagione invernale. Ma non mi sento solo. Scendo poco a valle. Ho amici quassù che condividono con me i silenzi immensi delle cime: un cane di nome Gastone, una gatta chiamata Macchietta e un'aquila che ho battezzato Libera. Non so se sia di stirpe reale o un aquilotto banalissimo ma ha tutta la maestà di quella famiglia. Gastone è un grosso miscuglio di razze. È arrivato un giorno da cucciolo al Rifugio e ci è rimasto. Qualcosa in lui ha del Pastore Tedesco. A volte di notte ulula nell'oscurità. Macchietta invece mi è stata regalata. È giovane, ha il pelo bianco e rosso e la vivacità di uno scoiattolo. Libera è il mio respiro. Vede il mondo dall'alto. È la mia grande amica. Mi insegna a vedere le bellezze mozzafiato della natura. La seguo in cima alle montagne e ne osservo il volo placido, maestoso in alto, sopra la mia testa, dove io non posso seguirla. Poi spesso plana e viene ad appollaiarsi sulla mia spalla. Sento sull'orecchio e i capelli le sue piume fresche agitate dal vento. I suoi artigli stringono la spalla della mia giacca di pelle. Senza farmi male, solamente per rassicurarmi della sua presenza. Restiamo spesso così. A lungo seguiamo le nuvole in rapida corsa sopra di noi, la terra ondulata, i campi di grano dal moto ondeggiante nelle valli sotto di noi. Il vento spazzola la piana, le colline, i campi. Con lui i miei pensieri salgono in alto. Quando Libera spalanca le ali e s'innalza verso il cielo, con lei volano via anche i pensieri, le paure, le incertezze. Le grido parole dall'anima. Un tentativo di poesia, una sfida orizzontale di comunicazione. Niente confini, niente limiti! La seguo nel suo volo ampio ad ali spiegate a grandi volute lente nel vento che ci spazzola, ci ripulisce. Con le penne arruffate, altissima sui pendii e sul fiume, Libera radiografa le distanze con lo scanner dei suoi occhi acuti. Cerca prede od osserva il mondo in basso, tanto lontano, intricato. Mi sforzo di seguirne il volo a volte persino con un binocolo in ogni tempo. Ho la sensazione di librarmi nell'aria con lei, di seguirla ovunque. Nella luce notturna gelida Libera sfiora i pendii argentati di montagne bianche vestite di luna. Nel pallido colorito rosato di un sole invernale tremante di freddo che sorge dietro i monti la osservo innalzarsi e poi planare. Nell'alba gloriosa che in primavera e d'estate arrossa le cime e velocemente invade la valle la seguo invidioso. Nei tramonti sanguinanti estivi vorrei tanto seguirla oltre le cime. Speranze. Sopravvivenza. Paura. Ultimo pensiero.

Quando le stelle brillano di notte, limpide come il cristallo, sembrano sorridere gelide come il ghiaccio. Respirano distanti, distaccate, sicure di sé, indolenti. Libera vola ad ali spalancate e la vedo appena. Sembra voler dire:

Rivendico il mio spazio, il mio diritto di esistere.

In quei momenti le grido da terra:

« Prestami le tue ali, voglio volare con te. Ho fame anch'io di spazio. Aiutami a scorgere un mondo più giusto, senza confini. Allora, finalmente, sarò a casa! »

I miei tre amici si fidano di me ed io di loro. La scorsa settimana Gastone era inquieto e uggiolava spesso. Non capivo. Macchietta sparì per due giorni. Mi sorpresi. Libera spaziava nei suoi voli di ricognizione sbattendo le ali in rapida successione. Poi planava e si appollaiava sulla mia spalla nascondendo il capo sotto l'ala. Continuava a sbattere le ali. Poi ripartiva avvitandosi su se stessa nel cielo dorato della sera al tramonto. Ero inquieto.

Più tardi tutto cominciò a tremare. Allora compresi. Il terremoto sconquassava le montagne. Libera gridava volando. Un suono aspro e tragico che non le conoscevo. La cima di un monte si sgretolò e una frana scivolò a valle sul versante di fronte a me. Pareva una colata di cioccolato sul gelato.

A grandi passi ansiosi tornai al rifugio. I muri in pietra erano intatti. Non notai danni all'esterno. Ma all'interno sedie erano slittate contro il muro, alcune lampade a stelo si erano ribaltate, in un angolo una pioggia di calcinacci aveva imbrattato il pavimento e il muro messo a nudo rivelava le sue ferite.

Presi il cellulare e chiamai in valle parenti e amici. Alcuni non risposero, altri piangendo mi raccontarono delle devastazioni subite da molti paesi. Decisi di scendere ad aiutare. Riempii di croccantini una ciotola grande per la gatta, che dovevo lasciare a casa, chiamai Gastone e Libera. Ma lei continuava a volteggiare gridando incessantemente e non mi badò. Gastone saltò sulla jeep in un balzo respirando rumorosamente. Dopo i primi tornanti notai che la strada era interrotta da profonde crepe e che il ponte di collegamento fra il mio versante e l'altro, che sovrastava un impetuoso torrente, non esisteva più. Sgomento chiamai in valle. Non era assolutamente possibile proseguire e raggiungere i paesi sottostanti. Tornai al Rifugio e appena scesi dal veicolo le ali di Libera mi fecero ombra sulla testa. Poi si appoggiò sulla mia spalla e col becco mi scompigliò i capelli ricci. Continuava inquieta a girare il capo da un lato all'altro. Percepii paura e disperazione.

Restammo bloccati là al Rifugio per una settimana. Niente luce e niente acqua. Le scosse di terremoto si ripeterono. Un singhiozzo continuo. Un boato che atterriva. L'unico contatto con il mondo esterno era il mio cellulare. In internet seppi delle devastazioni, dei morti, della trasformazione del territorio. Non riuscivo a credere che tutto ciò stesse avvenendo a valle a pochi chilometri irraggiungibili da me. Follia totale.

Poi cominciò a piovere. Gastone e Macchietta rifiutavano di uscire e si accoccolavano accanto al camino acceso. Libera volava, girava, volteggiava, gridava. La chiamavo urlando anch'io. Scendeva in picchiata, mi sfiorava i capelli con le ali aperte e ripartiva. La guardavo e cercavo di vedere il mondo con i suoi occhi acuti. Immaginavo le condizioni di vita degli sfollati, i ruderi polverosi delle case ora lavati dalla pioggia incessante, le lacrime dei sopravvissuti. Vidi però anche gli sciacalli che, approfittando della situazione drammatica, mettevano le mani su tutto ciò che potevano arraffare.

« Libera, tu vedi la bellezza lontana, l'immensità all'orizzonte al tramonto, » le gridai una mattina. « Ma scorgi anche le miserie umane. Urlale al cielo, tu che puoi salire lassù in alto! Scendi in picchiata a colpire le mani ladre e dissacranti! Sei tu la mia speranza. »

SEMAFORO IN TILT

Rosso, giallo, verde. Brusio di motori che accelerano all'incrocio allontanandosi rapidamente. La fila si snoda come un serpente che ha visto la preda. Verde, giallo, rosso. Qualche frenata improvvisa. Altolà! Rosso, ho detto! Tutti fermi. Certi automobilisti, motociclisti e ciclisti passano con il rosso. Ignorano il mio messaggio! Se ne infischiano dei miei ordini colorati! Incoscienti! Ora passano quelli del verde dall'altra parte. Un altro serpente sfila veloce verso la preda. Attraversano anche i pedoni, in alternanza, ma rischiano la pelle se quei cretini del rosso passano ugualmente!

Avanti così giorno e notte. Sono stanco di questa altalena di colori, di questa routine logorante. Funziono senza pausa sino a quando mi saltano le lampadine e guercio osservo il caos che si crea.

Dopo anni faticosi sono al limite, lo sento. La stanchezza e la rabbia stanno montando come la panna, aumentando di volume paurosamente. Non ce la faccio più! Non si tratta di qualche lampadina che sta per bruciarsi. No. Nel circuito della mia mente meccanica sento un clic improvviso. Sto per andare in tilt!

E accadde proprio così. Una sera di dicembre, poco prima di Natale, la gente pareva impazzita. Code di veicoli impazienti. Si avvicinavano sempre di più al paraurti delle auto davanti. Pensavano forse che così qualcosa si sarebbe mosso? Grosse moto indisciplinate superavano le macchine nei punti più imprevedibili e sfilavano via accelerando rumorosamente. Rosso, giallo o verde, pochi ne rispettavano il significato e molti rischiavano incidenti. Fra frenate improvvise, improperi dal finestrino e clacson furiosi, la situazione si fece allucinante, insostenibile per il nostro semaforo! Gli saltarono i nervi.

« *Che ci sto a fare io! Nessuno si ferma con il rosso! Nessuno mi ascolta! A che servono i miei colori? Basta! Non ne posso più! Questa volta scoppio! Mi sentiranno!* » urlò all'oscurità con un suono di ferraglia arrugginita.

Per la rabbia andò veramente in tilt. Tutti i colori cominciarono ad accendersi insieme e a spegnersi a intermittenza. Si sentì il primo botto: un furgone urtò una grossa auto che cercava di girare a sinistra. Poi volò per terra una moto potente. Gli incidenti si susseguirono. Le code si moltiplicarono. Quando la polizia intervenne il caos fu totale. Arrivarono a sirena spiegata le autoambulanze. Il traffico fu completamente bloccato. Alcuni automobilisti, nel tentativo di evitare le code, cominciarono a fare giravolte per tornare indietro. Lo spazio però era limitato e il groviglio di mezzi divenne una matassa di lana annodata.

Il semaforo continuava a pulsare impazzito e nessuno riusciva a spegnerlo. Si richiese l'intervento dei carabinieri dalla cittadina a 20 km di distanza. Arrivarono dopo mezz'ora. Attivi ed efficienti cominciarono a studiare la situazione ma non riuscirono a bloccare il lampeggiare selvaggio del semaforo. Richiesero l'intervento dei vigili del fuoco e degli elettricisti del Comune. Passò altro tempo. I veicoli erano impazziti. Gli automobilisti suonavano i clacson con cento voci stridenti e arrabbiate. Le moto cercavano di passare sui marciapiedi impedendo il passaggio ai pedoni. Qualcuno si arrabbiò molto e una signora prese a borsettate un motociclista.

Il caos era completo. *Vendetta, tremenda vendetta*, pensava il semaforo. Tremava tutto al pulsare delle sue luci impazzite e sentiva la febbre salirgli alle stelle. La tensione elettrica nel suo corpo lo percorreva con violenza. Poi di colpo si spense e una grande pace lo ingoiò.

QUANTI NE HO CULLATI!

« Che meraviglia di gerani, Daniela! » dice una voce femminile argentina e gaia. « Sono un tappeto di fiori rossi polposi e abbondanti… meravigliosi! »

« Grazie Lisa… venite, entrate in terrazza! » risponde un'altra voce femminile, allegra e vivace. « Questi gerani sono il mio orgoglio… vengono benissimo qui sotto la tettoia al coperto del porticato… »

Daniela passa la mano leggera sui petali dei vistosi gerani rossi tremolanti alla brezza.

« Che idea originale! » riprende la prima voce. « Un mare di piante sistemate dentro una vecchia culla di vimini e rattan! »

« È vecchia, un po' rotta, le ruote non funzionano… mi dispiaceva buttarla… mi ricorda i bambini… è più bella di un cestone… sta bene qui con i fiori, no? »

Brava ragazza! Ottima idea! Già, sono vecchia, pensa la culla. E rotta in certi punti. E le ruote sono sbilenche. Ma servo ancora! Ho fatto servizio per ben vent'anni! Sono passata di mano in mano, ho dondolato e cullato vari bambini sino a quando il sonno li accoglieva nel suo abbraccio sereno. Ricordo Anita, Santino, suo fratello più piccolo, poi Alessandro, il cuginetto, e Veronica, la cuginetta, poi Gianna, altra cuginetta e infine Vera, la cucciola più inquieta di tutti, quella che dormiva meno di tutti e che con il ditino cercava di smontare il rattan! Tutte le mamme dicevano che ero comoda perché si portavano dietro il bambino ovunque grazie alle mie quattro ruote. Una volta mi si è staccata una ruota e mi sono inclinata da un lato, ma Gianna, ricordo, non ha fatto una piega! Continuava a russare delicatamente sorridendo e correndo dietro a chissà quale immagine di paradiso!

All'inizio avevo un bel colore lucido naturale e all'interno avevo una graziosa fodera trapuntata con tanti elefantini azzurri e rosa. Completavano il mio look due tendine di seta bianca e leggera che, fissate a una canna ricurva in alto, ricadevano ai lati come nuvole soffici.

Ora non cullo più nessuno. Mi trovo sulla terrazza all'ingresso della casa e ospito gerani rossi. Ho un look molto diverso. Sono dipinta di bianco per coprire le parti di vimini danneggiate e sono sparite le tendine. Le ruote sono state fissate con chiodi e non rotolano più.

Per fortuna mi hanno tirato fuori dalla cantina dove mi avevano relegato quando l'ultima figlia della serie di neonati è cresciuta. Mi riempivo di polvere, nonostante il telo di plastica che mi ricopriva, e a volte non riuscivo a respirare. Mi veniva una tosse del diavolo e mi sembrava di spaccarmi tutta.

Qui è molto meglio, alla luce e alla brezza, in compagnia di fiori così belli e allegri. Mi piace sentire la gente che parla di me, mi sfiora gentilmente e ricorda tutti i bambini che ho cullato. Mi sento ancora utile e ne sono felice.

Mi preoccupa solo un fatto. Le mie ruote sono mezze rotte e qui e lì si sfilano pezzi di vimini. Speriamo in bene! Non vorrei che continuando a perdere pezzi decidano di buttarmi via.

LA TAZZINA ELETTRA DEL BAR

« Eccola servito Dottor Fulvio! Un bel caffè macchiato con Elettra! » mi disse il cameriere porgendomi una tazzina di caffè fumante sul banco di cristallo.

Vivo e lavoro in centro città e adoro passare a prendere il caffè in questo bar molto moderno, luminoso, tutto specchi e cristalli. Mi tira su il morale, illumina la mia intensa giornata di lavoro.

« Elettra? » chiesi sorpreso.

« Sì, questa tazzina si chiama Elettra, » rispose strizzandomi un occhio.

« Oh bella! E perché mai? Che significa? »

« Ogni mattina e ogni pomeriggio viene qui al bar una signora anziana. È piccola di statura, con un incedere molto elegante. L'avrà forse notata… ha i capelli candidi raccolti sulla nuca e sormontati da un cappellino nero con una veletta scura. Si chiama Elettra e chiede sempre di bere il caffè in questa tazzina… è un po' svitata, credo… » rise il cameriere.

« Questa qui? C'è un qualche motivo? » domandai incuriosito.

« Non lo so… dice che è una tazza aggraziata, nonostante sia di ceramica robusta, grossolana… è panciuta ed elegante con questo colore beige e il bordo blu intorno…»

« Di ceramica robusta, grossolana? » ripetei fissando stranito la tazzina in mano.

« La signora Elettra ha una sua teoria piuttosto originale, direi! » sorrise il cameriere.

« Cioè? »

« Dice che questa tazza ha bisogno di attenzione… passa di bocca in bocca e finisce di continuo in lavapiatti senza tanto garbo. Spruzzi d'acqua bollente, detersivi che schizzano da destra e sinistra, nuvole dense di vapore, bollente anche quello, la sconquassano! »

Sorrisi anch'io e bevvi il mio caffè gustandolo.

« Ciao Elettra, a domani, » dissi poi appoggiando la tazzina sul bancone.

Camminando verso l'ufficio continuai a pensare a Elettra, l'anziana signora, e alla sua tazzina. Era logico che non fosse di porcellana finissima, pensai. Doveva durare nel tempo.

L'immagine di Elettra-tazzina non mi lasciò più.

« Il solito caffè, per favore, e nella tazzina Elettra! » presi a ordinare.

Divenne un'espressione standard. La gente accanto a me al banco mi lanciava occhiate perplesse e sgranava gli occhi quando il barista mi serviva con il solito sorriso cordiale dicendo: « Ecco Elettra per lei! »

Qualche tempo dopo, una mattina piovosa di ottobre, entrai al bar scrollandomi le gocce di pioggia dal cappotto.

« Buongiorno, che tempaccio… » dissi. « Il solito caffè Elettra, per favore… »

Mi avvicinai al banco e vidi di spalle una signora piccola vestita di nero, con un cappello a veletta sui capelli bianchi raccolti. Si girò lentamente tenendo in mano una tazzina di caffè fumante. Il brillio nei suoi occhi chiari mi avvolse di colpo. Sulle labbra pallide fiorì un sorriso conquistatore.

« Anche lei? » mormorò salutandomi con un cenno del capo.

« Scusi? » dissi sorridendole.

« Anche lei beve con Elettra? »

Accennai di sì mentre un sospetto mi trapassava la mente.

« Le presento la signora Elettra, » mi venne in aiuto il barista porgendomi una seconda tazzina Elettra.

« Ah, mi scusi, ora capisco! Sì, anch'io amo prendere il caffè con Elettra! » aggiunsi ridendo.

« È bello che qualcun altro s'interessi a questa povera tazzina. Fa una vita difficile, sa… sballottata in lavapiatti e utilizzata cento volte al giorno senza che nessuno le rivolga la parola o la saluti o la ringrazi… è un'esistenza ingrata la sua! Rischia sempre la vita con la paura di cadere e rompersi o con il timore di spaccarsi per il calore in lavapiatti. Lei, però, precisa e sempre lucida, fa il suo dovere. Temo che si senta come se fosse invisibile… non è giusto, non le sembra? »

Fissai incerto a lungo l'anziana signora, i suoi occhi luminosi, quel sorriso semplice.

« Concordo, signora… chi fa il proprio dovere dovrebbe sempre ricevere un riconoscimento, » risposi infine terminando di bere il mio caffè.

Posando delicatamente la tazzina Elettra sul bancone inchinai educatamente il capo alla signora Elettra. Salutai il barista che mi fissava con un sorriso ironico. Uscendo dal bar uno strano pensiero mi colse alla sprovvista: che bello che un'anima sensibile riesca a dar valore a una tazzina di ceramica grossolana.

iPHONE 20 AX- EXTRA SUPER

Il sole abbagliante di una tarda mattinata di luglio rendeva le cose lucenti come diamanti. Le sponde del fiume erano verdi e profumate d'estate. Il ristorante *Al Castagno* aveva una vasta terrazza coperta non lontano dall'acqua. Era quasi mezzogiorno e il locale andava affollandosi di clienti affamati. In parte lavoratori locali che utilizzavano la pausa pranzo per rilassarsi e godersi la natura lussureggiante lungo il fiume, in parte turisti in vacanza, in calzoncini corti e berrettino in testa.

« Ragazzi, venite! Andiamo! » gridò Annarita alzandosi dalla panchina e infilando il cellulare, un moderno smartphone, nella tasca posteriore dei jeans.

I figli sedevano sul ciglio erboso e dondolavano i piedi nell'acqua corrente del fiume. Lei, Anita, una biondina minuta e sottile di 15 anni, messaggiava velocemente sul suo smartphone con entrambe le mani. Lui, Claudio, un ragazzo moro sui 14 anni, dai capelli ricci che gli ricadevano sulla fronte, fissava lo schermo del suo smartphone facendogli scorrere lentamente un dito sopra. Entrambi silenziosi, assorti, non diedero segno di aver udito.

« Dai, ragazzi, andiamo a pranzo! Non avete fame? » continuò Enrico, il padre, infilando il suo cellulare nella tasca della camicia bianca. Era un modello di smartphone nuovo, un iPhone 20AX- extra super.

« Un momento, veniamo subito, » brontolarono i ragazzi sottovoce. Poi si alzarono lentamente, sfregarono i piedi bagnati sull'erba e infilarono i sandali di gomma.

Tutti si avviarono verso la terrazza del ristorante. La brezza soffiava gentile e rinfrescante. Il padre scelse un tavolo all'ombra e invitò i ragazzi e la moglie a sedersi con un gesto gentile della mano e un sorriso.

« Va bene qui? » chiese poi sedendosi con calma.

I ragazzi annuirono e si concentrarono nuovamente sui loro cellulari.

« Bello qui, » commentò la madre tirando fuori il cellulare dalla tasca.

« Molto riposante, » disse Enrico appoggiando il cellulare sul tavolo.

Aspettando di ordinare tutti e quattro, chini sui cellulari, facevano scivolare le dita da su a giù e viceversa, da destra a sinistra e viceversa. Quando arrivò la cameriera con un bel sorriso cordiale, ordinarono rapidamente. Decisi e chiari. O forse per fretta di riprendere a occuparsi di texting ed emails?

Un trillo forte e sgraziato interruppe il silenzio. Proveniva dal tavolo accanto a loro, dove sedeva da solo un signore dai capelli bianchi. Enrico si voltò e lo osservò. Si tastava le tasche della giacca e infine tirò fuori un cellulare. Lo aprì e schiacciò un tasto. La conversazione fu molto breve. Alla fine richiuse il cellulare e lo appoggiò sul tavolo. Era un modello Samsung vecchiotto, piccolo e rosso con il display interno.

I ragazzi diedero un'occhiata veloce e perplessa a quel coso antidiluviano. Poi si riconcentrarono sui loro cellulari ultima generazione.

« Ma sei ancora in circolazione tu? » chiese iPhone 20AX-extra super al vecchio Samsung.

« Perché? È vietato? » rispose il Samsung. « Funziono ancora benissimo… faccio e ricevo telefonate ed SMS. Ho dei bei tasti grandi facili da usare… che altro mi manca? »

« Tutto ti manca! » rise il super smartphone.

« Sei dell'altro secolo tu, » aggiunsero gli altri tre smartphones ridacchiando.

« Non hai whatsapp né ricevi emails… » continuò super smartphone. « Non puoi navigare in internet e non puoi inviare foto e video! Niente puoi… »

« Dici? Veramente sono nato per la telefonia e questo so fare ottimamente, » lo interruppe il Samsung. « Ho tante funzioni: sveglia, cronometro, notebook…. ma soprattutto vengo usato per telefonare quando serve. Voi siete sempre in funzione… vi si fonderà il cervello! »

« Figurati tu, vecchia pulce! » sbottò il super smartphone.

« Noi siamo dell'ultima generazione e siamo perfetti e duraturi! » gridarono tutti e quattro gli smartphones.

« Ma fammi il piacere! » replicò il Samsung. « Calmatevi… scendete dal vostro piedestallo… fra pochi mesi, dico mesi non anni, sarete vecchi anche voi e vi sostituiranno subito con i nuovi aggeggi di ultimissima generazione! » bofonchiò il Samsung.

La cameriera portò il pranzo e la famigliola mise da parte i cellulari per mangiare. L'appetito non mancava. Spazzolarono i piatti con velocità supersonica scambiando poche parole.

« Vi è piaciuto? » chiese la madre sorridendo.

I ragazzi annuirono. Spostarono di lato i piatti e ripresero in mano i cellulari. Intanto fu servito il caffè ai genitori. Poi anche loro ricominciarono a concentrarsi sugli smartphones.

« Vedi come siamo importanti noi? » riprese iPhone 20Ax con sussiego. « Nessuno sa stare senza! Siamo sempre collegati con il mondo intero… conversiamo con mille amici di continuo… anche quelli lontanissimi o nei social network… »

« Ah certo! » rispose il Samsung. « Offrite una comunicazione centuplicata con gente lontana e lontanissima ma quella con la gente vicina è ridotta a quasi zero! »

« Come sarebbe a dire? » risposero gli smartphones in coro.

« Ma guardateli lì! Quattro persone che non scambiano due parole in croce! » sbottò il Samsung. « Dialogo elettronico fra voi vivace, dialogo umano inesistente! Ma come comunicano questi quattro? Forse si scrivono una email o un SMS su whatsapp o un messaggino su FB? »

« Sei patetico e per niente spiritoso! » replicò 20AX extra-super. « Noi smartphones siamo il progresso e… »

« Progresso necessario è una cosa, quello eccessivo come siete voi e non sempre necessario è un'altra questione! » ribatté il Samsung alzando un tantino la voce.

« Come ti permetti, pezzo da museo! » urlarono in coro gli smartphones. « Noi siamo tanto superiori a te! Sei una merda! »

« Ehi, arrogantissimi, attenti a come parlate! Non avete diritto di umiliarmi… io faccio il mio lavoro ottimamente e nessuno si lamenta di me. »

Per fortuna Enrico e la sua famiglia si alzarono e se ne andarono. Altrimenti, quei cellulari sarebbero potuti arrivare alle mani!

UN ARCOBALENO DI LATTE

Un'ennesima nuova primavera era esplosa puntuale con tutti i suoi profumi e colori. I rumori della vita quotidiana volavano fuori dalle finestre spalancate. Le voci allegre della gente si mescolavano ai rumori di pattini e skateboards di ragazzini irrequieti. La campagna esplodeva di salute da tutti i pori. Il verde dei prati, cespugli e alberi, prima timido e debole, ora, ai primi di maggio, diventava ogni giorno più scuro, intenso, brillante come uno smeraldo.

Il fiume si snodava gonfio d'acqua, impetuoso nel suo corso eterno fra i campi. Torbido, veloce e vorticante, era propenso ormai a cantare a squarciagola la gioiosa canzone primaverile.

Nebbia, gelo, neve erano già un brutto sogno da dimenticare al più presto. La natura si stiracchiava e riscaldava al sole cercando di asciugarsi le ossa doloranti il più rapidamente possibile.

Un giorno ai primi di maggio, un gruppo di mucche pezzate pascolava tranquillamente in un prato lungo quel fiume. Alcune brucavano l'erba tenera con energia, altre immergevano le zampe nell'acqua poco profonda lungo le sponde, altre giocavano a calcio scornandosi irritate a ogni fallo. Altre ancora si dedicavano a giochi più meditativi, contando le formiche e le cavallette. Le mucche più giovani si divertivano ad annodare le code delle madri.

All'imbrunire la mandria si avviò senza fretta verso la stalla, come sempre a godersi il meritato riposo notturno dopo una giornata laboriosa.

Quella sera, però, non fu come tutte le altre. Nella penombra accogliente, rilassante della stalla, mentre le mucche madri porgevano con sacra pazienza le mammelle rigonfie ai loro vitellini, si sentì un "Puàh, che schifo!" fortissimo. Tutte le mucche si voltarono spaventate. Ad alcuni vitellini andò di traverso il latte e venne loro il singulto. Un'improvvisa agitazione serpeggiò fra gli animali. Mormorii nervosi si accavallarono. Chi aveva gridato?

Era stato Seminole, il vitellino della mucca Nevada, un tipetto già sveglio e indipendente, uno che sapeva bene quello che voleva. Soprattutto in tema di latte!

Sua madre lo fissò basita, molto perplessa. Era vero che suo figlio era sempre stato esigente in fatto di mangiare ma mai aveva reagito così.

« Che c'è, figliolo? »

« Fa schifo questo latte, mamma! Esce verde questa sera e ha un sapore strano, orribile! » rispose il piccolo fissando la madre con gli occhioni spalancati. Intanto pensava preoccupato: 'Che sia colpa del nodo alla coda che le ho fatto oggi? Meglio tacere, prima che mi arrivi una zoccolettata!'

Dall'altro angolo della stalla fece eco una vitellina giovanissima di nome Macchiolina, figlia di Serenella:

« Io voglio il latte bianco! Questo qui non mi piace! »

E scoppiò in un pianto accorato, affiancata subito dalle proteste di molti altri vitellini.

Le mucche, allibite, si guardarono l'un l'altra e, poiché risulta loro estremamente difficile prendere decisioni veloci, non ne presero alcuna, pensando fosse meglio pensarci su la notte.

Il sonno portò consiglio. La mattina dopo, di buon'ora, decisero all'unanimità di brucare nel prato un po' più in là di quello in cui avevano pascolato il giorno precedente. Saggia decisione, concordarono. Pazienza se, per raggiungere quel campo più lontano, si sarebbero affaticate di più.

Si alzarono all'alba e si prepararono a partire con i piccoli ancora mezzo addormentati e piagnucolanti. Il latte della mattina era migliore della sera prima ma non certo quello che desideravano. Dopo un lungo cammino arrivarono al campo prescelto. I profumi dell'ora mattutina c'erano tutti. L'erba era fresca, invitante com'erano abituate a trovarla. Il fiume scivolava trotterellando sui massi che incontrava. Tutto era intatto. Le mucche, si sa, non hanno grande memoria e dimenticarono l'incidente della sera prima. Brucarono tutto il giorno con gran lena e rientrarono all'imbrunire nella stalla molto stanche ma tranquille. Tutto era stato gradevole e sereno come sempre.

Improvvisamente si udì un grido:

« Ehi! Il latte esce blu questa sera! E che sapore strano ha, che schifezza! »

Era Stella del mattino, la vitellina della mucca Giorgina, che desolata aveva cominciato a singhiozzare. Al suo pianto si aggiunsero in un coro snervante quelli di altri vitelli.

Le mucche, in preda al panico, cercarono di calmare i loro piccoli delusi e affamati. Durante la notte, non riuscendo a prendere sonno per l'agitazione, tennero consiglio e decisero di cercare, il giorno dopo, altre zone verdi, di sparpagliarsi in varie direzioni per provare pascoli diversi.

Così fecero. Camminarono anche più lontano, presero direzioni differenti, fecero chilometri a passo più spedito del solito, con la lingua di fuori per la stanchezza e per l'ansia.

Calata la sera, raggiunsero la stalla più velocemente del solito per la curiosità di confrontarsi tra loro. Le grida dei vitelli questa volta furono numerose:

« Che schifo! Il latte questa sera è verde! », « Ehi, questo latte invece è blu! », « Il mio è giallo! Non mi piace! », « Questo è viola, che puzza! »

Era decisamente troppo per quelle povere mucche. E a peggiorare la situazione, si dovettero sorbire anche il malumore del fattore. Distribuendo pacche a destra e a sinistra sulle ampie cosce, brontolò:

« Ma siete diventate matte tutte, cocche mie? Che latte è mai questo? Ogni giorno è peggio! Non siete più capaci di produrre latte decente? Siete solo buone come bistecche! »

In preda al panico, angosciate per i loro piccoli, profondamente offese dalle parole rudi e ingrate del fattore, il giorno dopo tutta la mandria si allontanò prestissimo dalla fattoria. Era ancora buio e a malapena distinguevano il sentiero che s'inerpicava sul pendio dietro la fattoria. Salirono sbuffando e ancheggiando per andare a trovare un vecchio amico, il cavallo "Sotutto", che abitava in cima a una collina in una stalla moderna, accogliente, all'ombra di un enorme pino. Si chiamava in realtà Salonicco ma siccome sapeva leggere e sentiva sempre la radio installata all'interno della stalla dal suo padrone, che lo puliva a suon di musica, sapeva tutto, era informatissimo. Era anche intelligente e molto saggio. Aveva grande esperienza del mondo.

Le mucche arrivarono su da "Sotutto" tutte affannate e con la lingua penzoloni, un po' per l'ansia, un po' per lo sforzo e il ritmo di marcia, a cui non erano abituate. "Sotutto" le vide arrivare, sporse la testa tozza dal finestrino e le salutò nitrendo festosamente:

« Salve amiche! Qual buon vento vi porta qui da me? »

Le prime mucche della lunga fila si fermarono ansanti dinanzi al cavallo. Come ho già detto, le mucche non riescono a prendere decisioni rapide. Quindi, quelle che seguivano non riuscirono a frenare in tempo, reagirono in ritardo e finirono per sbattere con il naso rosa e tenero contro i fianchi delle compagne già ferme davanti.

Prima ancora che tutto lo squadrone si fosse fermato, per l'ansia profonda che le atterriva, cominciarono a parlare tutte insieme.

Salonicco, "Sotutto", che era un vero saggio e sapeva fiutare il vento, carpendone i messaggi, prima di tutto si ritrasse dalla finestra per precauzione. Guadagnata così la necessaria distanza di sicurezza dalla situazione, rizzò le orecchie appuntite, facendole vibrare avanti e indietro sospettosamente. Ma, poiché continuava a non capire niente di quello che stavano blaterando le sue amiche, lanciò un nitrito potente, fiero e imperioso. Le mucche ammutolirono di colpo.

« Calma ragazze, » disse "Sotutto" e, con gesto di cortesia, offrì loro un po' del suo fieno. « Qual buon vento vi porta da me? »

Le mucche, tutte addossate le une alle altre, con i vitellini nascosti tra le zampe, terrorizzati per il nitrito autorevole, concionarono un po' tra loro per decidere chi dovesse parlare. Alla fine fu scelta Bianchina, la mucca che era meno stanca e si trovava più vicina alla finestra di "Sotutto".

Bianchina, per l'agitazione, stentò dapprima a trovare le parole giuste ma poi, fattasi coraggio e conscia del suo ruolo importante, raccontò i fatti nudi e crudi. Le altre mucche annuirono sconvolte. Presero un secchio, che giaceva lì vicino, e lo riempirono del loro latte colorato, a turno alcune gocce, aiutandosi a vicenda. Il colore finale fu incredibile! Un arcobaleno liquido che si scioglieva in una tinta indescrivibile.

"Sotutto" si sporse dal finestrino per osservare quello strano prodotto. Poi meditando sbatté la coda un paio di volte violentemente, come colpi di frusta, terrorizzando ancora di più i vitellini.

« È certo un fatto molto curioso, care amiche, » disse infine scuotendo la criniera. « Aspettate, forse posso spiegarvene le cause. Un attimo! »

Inforcò gli occhiali e prese un giornale. Lo sfogliò con attenzione, pagina dopo pagina, borbottando. Le mucche lo fissavano inquiete dimenticandosi persino di ruminare.

« Catastrofe ecologica! Eccolo qui…» cominciò poi il cavallo. « In seguito a un'esplosione in un capannone della Ditta chimica XY, tonnellate di sostanze chimiche sono fuoruscite e si sono riversate nel fiume Quasifogna. La fauna ittica si è ridotta del 50%. Si sono avvistati molti pesci e uccelli che galleggiavano morti. Gli inquirenti responsabili dell'equilibrio ecologico regionale stanno facendo luce sull'accaduto e invitano la popolazione alla calma.

Tali sostanze infatti sono del tutto innocue per l'uomo e l'equilibrio ecologico in quella zona non ha subito danni irreparabili. »

« Oh, ohh, ohhhh! » gridarono le mucche in coro, sempre più in crescendo.

Le loro numerose domande s'incrociavano sovrapponendosi:

« Ecologia? Che cos'è? Sostanze innocue per l'uomo? E noi animali? E il nostro latte? Non sarà più bianco? E che faranno i nostri piccolini? Moriranno di fame? »

« Calme! » nitrì Salonicco autorevolmente. « Fatemi andare avanti a leggere. Non capisco una cosa. Qui parlano del fiume, poi ancora di ecologia… Non capisco che cosa c'entri l'erba dei nostri prati…»

« Sì, sì, l'erba dei nostri prati! » gli fecero eco in coro le mucche.

« A meno che…» soggiunse "Sotutto" pensieroso.

« A meno che? » ripeterono in coro le mucche sempre più allarmate, allungando il collo e sgranando gli occhi.

« Eh, a meno che abbiano buttato qualcosa anche sui campi. Ogni tanto l'uomo viene, sprizza e spruzza e se ne va. Sarebbe bene che facessi delle indagini…»

Le mucche ringraziarono l'amico e moge, moge, in fila indiana, con gli occhioni tristi ancora più tristi del solito, con il cuore raggelato dal presentimento di finire in bistecche, scesero la collina per far ritorno alla fattoria.

« Qui ci vuole una bella idea! » esplose la mucca Carlotta puntando gli zoccoletti nel terreno umido e frenando di colpo quando in lontananza apparve la fattoria. « Non mi posso rassegnare all'idea che pure la panna sarà in futuro gialla, blu e verde! »

« Giusto, ben detto, hai proprio ragione, » fecero eco le altre mucche frenando e finendo addosso a Carlotta.

I vitellini erano così stanchi da non riuscire nemmeno a frenare. Qualcuno piombò a terra sfinito.

« Irrilevante! Ma che ci importa il colore della panna se stiamo rischiando di finire in bistecche! » gridò Svizzerina martoriando furiosa il terreno con uno zoccolo.

« Giusto, ben detto! » risposero in coro. Già si vedevano ridotte a bistecche.

« Non torniamo alla stalla, restiamo qui nel campo! » aggiunse Carlotta.

« Che faremo con i nostri piccoli? Non bevono latte decente da due giorni! » continuò Carolina muggendo addolorata.

Le mucche si sedettero e, brucando distrattamente, più che altro per abitudine, tennero consiglio. S'imponeva una decisione, ma quale?

Intanto stava scendendo la sera, una bella serata limpida e fresca. Il profilo scuro delle mucche, che esauste si erano sdraiate nel prato in riunione, si stagliava netto contro la luce rossastra del tramonto.

Discussero a lungo ruminando. Nel cielo ormai scuro era scoppiata una miriade di stelle scintillanti.

« E allora? Abbiamo deciso qualcosa dopo tante discussioni? » domandò la mucca Arizona smettendo di ruminare.

« È ormai notte, » iniziò Occhi Vispi, una delle veterane del gruppo. Scosse il testone dalle corna spuntate, ricordo di antiche lotte, e fece risuonare il campanone appeso al collo. A quel suono autorevole, tutte le mucche smisero di ruminare e si prepararono ad ascoltare parole di saggezza:

« Penso che l'unica decisione da prendere, - continuò Occhi Vispi - sia quella di emigrare… dobbiamo cercarci prati più sani. Ma dove potremmo andare? »

« Sei sicura che risolveremmo davvero qualcosa scappando da qua? » chiese perplessa la mucca Carolina.

« Potremmo anche fare lo sciopero del latte sino a quando l'uomo non smetterà di rovinarci l'erba! » aggiunse la mucca Serafina, raggiante all'idea.

« Non dire sciocchezze! Non è il momento! » la rimbeccò Occhi Vispi energicamente. « Hai pensato a come sfamare i piccoli? E al fattore che ci farebbe a bistecche? »

Serafina, tutta avvilita, chiuse gli occhioni umidi.

« Ehi! Altra idea! » gridò poi per l'entusiasmo spalancando di nuovo gli occhi. « Possiamo raccogliere tutto il nostro latte colorato e usarlo per dipingere le strade e le case dell'uomo sino a quando capirà! Usiamo le code per...»

« Non scherzare Serafina! » la sgridò Occhi Vispi. « Qui ci vuole un'idea seria, geniale, risolutiva. »

Lasciò scorrere lo sguardo sonnacchioso su tutto il gruppo di compagne che la fissavano spaventate.

« E allora, » aggiunse poi sospirando. « Abbiamo deciso qualcosa? Che cosa? »

« Restiamo qui questa notte. Pensiamoci su, » suggerirono alcune delle mucche più anziane. « Domani vedremo il da farsi. »

I vitellini già russavano per la stanchezza, sdraiati lungo il fianco delle madri che, accovacciate, ruminavano avvilite. Il cielo stellato sopra di loro, bellissimo e palpitante, le ricopriva di un manto di brillanti ma non riusciva a tranquillizzarle con la sua bellezza. Che cosa avrebbe portato il domani? Ruminavano smarrite in silenzio, più per abitudine che per voglia. I piccoli dormivano appoggiandosi sui loro fianchi, esausti. Le madri ne sentivano il calore e il battere rapido del cuore. Immagini terrorizzanti le angosciavano. Una pena senza fine le attanagliava.

Fine

Copyright 2016

Finito di stampare nel mese di Settembre 2017
per conto di Youcanprint *Self-Publishing*

www.ingramcontent.com/pod-product-compliance
Lightning Source LLC
LaVergne TN
LVHW091615170726
843492LV00007B/2433